KB274865

韓國古典文學 100

11

兩　班　傳
虎　　　叱
廣　文　傳
林虎隱傳

編者 ─────────
文學博士 金　起　東
文學博士 全　圭　泰

瑞　文　堂

●차 례

책머리에

    우리 古典文學을 현대화하는 방법에는 여러 가지가 있을 것이다. 우선 그 어려운 古文을 現代 綴字法으로 옮겨 독자들이 쉽게 읽도록 하는 방법이 그 첫째의 단계라고 생각한다.

    이와 같은 고전문학의 現代化作業은 우리 學界에 꾸준히 진행되어 왔으나 현재 그 절반도 미치지 못하고 있는 實情이다.

    현존하는 300여 편이나 되는 방대한 고전소설만 하더라도 현재 시판되고 있는 〈韓國古典文學全集〉에서는 40여 편만이 현대화되어 있을 뿐이다.

    이에 우리는 현존하는 모든 고전소설을 현대 철자법으로 개편하되 원문에 충실하여 學的 價値가 있도록 하였고, 漢文小説은 번역하여 수록했으며, 독자의 편의를 위하여 어려운 漢字語를 노출시켰을 뿐 아니라 어려운 漢文語나 人名·地名 등 故事에는 脚注를 달았다.

    부디 이 〈韓國古典文學〉이 많이 읽혀져 현대인이 가질 수 없는 우리 先人들의 인생관을 되찾아서 새로운 민족 문학의 전통을 수립하는 데 이바지할 수 있다면 다행으로 여기겠다.

1984. 1.

編者 識

兩班傳

〔해 설〕兩班傳

——연암의 대표적인 작품 중의 하나

〈연암외집(燕巖外集)〉에 수록되어 있는 작품으로 극히 간단한 장편소설(掌篇小説)이다. 이 작품도 〈호질(虎叱)〉과 같이 양반 유학들을 모델로 하고 그들의 형식적이면서 위선적인 무능력한 생활을 풍자하고 비판하였다.

내일의 생계를 마련하지 못하면서도 독서만 하고 손님 접대와 군수 초대 등으로 놀기만 일삼는 양반, 양식이 떨어지면 자력자급하지 않고 관곡(官穀)를 타다 먹는 양반들의 무능력하고 무기력한 생활을 잘 표현하였다.

당시 일반 상인(常人)들이 양반들에게 학대를 받으면서도 양반의 생활을 얼마나 동경하고 있었던가를 가장 절실한 비유를 통해 표현된 작품이다.

이로 미루어 본다면 작자가 양반계급의 위선적인 생활을 얼마나 증오했던가를 알 수 있다. 그러나 그가 자아계급을 증오했다고 해서 그것이 곧 계급의식을 근본적으로 반대한 것은 아니었다. 다만 자아계급의 위선적인 생활이 비위를 거슬렀기 때문에 풍자한 것이다.

〈허생전(許生傳)〉〈호질(虎叱)〉과 더불어 연암의 대표적인 작품이다.

兩班傳
양 반 전

양반이란 士族을 높이는 말이다. 旌善郡에 한 양반이 있었는데 성품이 어질고 글 읽기를 좋아하였다. 군수가 새로 부임할 때마다 반드시 그들은 이 양반의 집을 찾아가 인사하는 것이 하나의 예의로 되어 있었다. 그러나 그는 원체 집이 가난해서 해마다 관가의 糶米〔환자〕를 타 먹었는데 여러 해가 되고 보니 어느덧 천 석이나 되었다. 관찰사가 각 고을을 돌아 다니며 관곡을 조사하다가 이 고을에 와서 축난 것을 보고 크게 골을 내며,

「어떤 놈의 양반이 이렇게 했단 말이냐.」

하고 그 양반을 잡아 가두라고 하였다. 군수는 그 양반이 워낙 가난해서 관곡을 갚을 방도가 없음을 불쌍히 여겨 차마 가둘 수는 없고, 그렇다고 해서 무슨 딴 방도가 있는 것도 아니고 해서 퍽 곤란한 처지였다. 양반은 밤낮

으로 울기만 하면서 어찌할 바를 몰랐다. 그 아내는,

　　「평생 당신은 글 읽기만 좋아하고 관곡 갚을 방도조차
　　없으니 참 불쌍도 하오. 양반 양반만 찾더니 결국 한푼
　　어치도 못 되는구료.」

하며 쏘아붙였다. 마침 그 마을에 있는 賤富^{천 부} 한 사람이
집안끼리 상의하기를,

　　「양반이란 비록 가난해도 항상 존경을 받는데 우리는
　　비록 부자라 하지만 늘 천대만 받고 말 한번 타지도 못
　　할 뿐더러 양반만 보면 굽실거리고 뜰 아래서 엎드려
　　절하고 코가 땅에 닿게 무릎으로 기어다니니 이런 모욕
　　이 어디 있단 말이요. 마침 양반이 가난해서 관곡을 갚
　　을 도리가 없으므로 형편이 난처하게 되어 양반이란 신
　　분마저 간직할 수 없게 된 모양이니 이것을 우리가 사
　　서 가지도록 합시다그려.」

하고는 양반의 집을 찾아가 관곡을 갚아 주겠다고 청하
였다. 그 양반은 크게 기뻐하며 이를 허락하였다. 그래
서 천부는 관곡을 대신 갚아 주었다. 군수는 그 양반을
위로할 겸 또한 관곡을 갚은 내력을 들을 겸 그를 찾아
갔다. 그런데 그 양반은 벙거지를 쓰고 짧은 옷을 입고
뜰 아래 엎드려서 절을 하고 소인이라고 하면서 감히 우
러러보지도 못하였다. 군수는 뛰어내려가 붙들고,

　　「아니 왜 이렇게 못난 짓을 하시오.」

하고 물었다. 그러나 양반은 더욱 두려워하며 머리를 수
그리고 엎드려서,

　　「황송하외다. 실은 소인이 감히 스스로 욕되고 못난 짓
　　을 하는 것이 아닙니다. 양반을 팔아서 관곡을 갚은 것
　　입니다. 그러므로 마을에 사는 천부가 양반입니다. 소

인은 어찌 감히 양반인 체하고 자신을 높일 수 있겠읍니까.」

하는 것이었다. 군수는 이 말을 듣고 탄식하여 말하였다.

「그 천부야말로 군자며 양반이로군. 부자면서도 인색하지 않으니 義가 있고, 사람의 어려움을 급하게 여겨 구하였으니 이것은 어진 것이요, 낮은 것을 미워하고 높은 것을 사모하니 슬기로운 일입니다. 이는 참으로 양반이외다. 비록 그렇지만 개인끼리 사고 팔고 했을 뿐 증서를 만들어 주지 않으면 이 다음에 소송거리가 되기 쉽습니다. 그러니 나와 당신이 고을 사람을 모아 놓고 증서를 만들어서 군수인 나도 거기다 도장을 찍으리다.」

군수는 바로 돌아가 고을 안에 사는 모든 士族과 농사군 공장이 장사치에 이르기까지 모두 불러 오게 하였다. 그 천부는 鄕所의 바른편에 앉히고 그 양반은 아전이 있는 뜰 아래에 서게 하였다. 그리고 양반 매매증서를 만들었다.

「乾隆 십년 구월 모일에 증서를 만드노니 천석의 관곡을 갚기 위하여 양반을 판다. 원래 양반이란 여러 가지가 있는데 글만 읽는 이를 선비라고 하며 정치에 관여하게 되면 대부가 되고 덕이 있으면 군자가 되고 무관은 서쪽 반에 서고 문관은 동쪽 반에 서는 까닭에 이를 양반이라고 한다. 이 중에서 맘대로 고르되 나쁜 일은 절대로 버려야 하고 옛일을 본받아야만 한다. 새벽 네시만 되면 일어나서 촛불을 켜고 눈은 콧날 끝을 슬며시 내려다보고 무릎을 꿇고 東來博議를 마치 얼음 위에 표주박 굴리듯이 내려 외어야만 한다. 배 고파도 참고 추위에도 견디어 가난함을 입 밖에 내지 말아야 한다. 이빨을 딱딱 부딪치며 뒤통수를 자근자근 두드리고 기침을 적게 하고 입맛을 다시고 앉아서 관은 꼭 소매자락으로 쓸어서 반듯이 쓰고 양치질은 지나침이 없어야 한다. 종을 부를 때에는 긴 목소리로 부르고 걸음을 걸을 때에는 천천히 걷는 법이다. 古文眞寶나 唐詩品彙 같은 책은 깨알처럼 잘게 벗겨서 한줄에 백 자씩 되어야 하고 손에는 돈을 쥐는 일이 없고 쌀값을 묻지 말아야 한다. 아무리 더워도 버선을 벗지 말며 밥을 먹을 때에도 의관 없는 맨머리로 하지 말아야 한다. 먹는 데 있어서도 국물을 먼저 떠 먹지 말고 물을 마시는 데도 넘어가는 소리가 나지 않도록 하며 수저 놀리는 데도 소리내지 말며 蔥를 먹지 말아야 한다. 술을 마실 때에는 수염을 적시지 말며 담배를 피우는 데도 볼이 이지러지도록 연기를 들이마시지 말아야 한다. 속상하는 일이 있어도 아내를 때리지 말아야 하며 골이 나도 그릇을 깨지 말며 주먹으로 아이들을 때리지 말아야 하며 종을 꾸짖을 때에도 죽일 놈이라고 하지 말며 소나 말을 나무랄 때에도 먹이던 주인을 욕하지 말아야 한다. 病이 나도 무당을 부르지 말며 제사 때에도 중을 불러다 제 올리지 말아야 한다. 화로에 손을 쪼이지 말며 말할 때에 침이 튀지 않게 하며 소를 잡지 말고 돈놀음도 하지 않는 법이다. 무릇 이와 같은 여러 가지 행실이 양반과 틀림이 있을 때에는 이 증서를 가지고 관가에 가서 재판을 할지어다.」

이렇게 증서에다 글을 쓴 다음 城主인 정선군수가 이

름을 쓰고 座首와 別監도 증인으로 서명하였다. 通引을 시켜 도장을 찍는데 그 소리는 嚴鼓 치는 소리와 같고 그 모양은 별들이 벌려 있는 것같이 빛났다. 戶長이 다 읽자 부자는 한참 동안 슬픈 표정으로 있다가 말했다.

「양반이 오직 이것뿐이란 말이요. 내가 알기에는 양반은 신선과 같다고 하여 많은 곡식을 주고 산 것인데 너무도 억울합니다. 더 좀 이롭게 고쳐 주시기 바랍니다.」

그래서 다시 증서를 고쳐 쓰기로 했다.

「하늘이 백성을 냄에 있어 그 백성의 종류는 네 가지가 있는데 네 가지 중에서 가장 귀한 자는 선비인데 이를 양반이라고 하여 모든 점에 이로운 것이 많다. 농사나 장사를 하지 않아도 살 수가 있고 조금만 공부하면 크게는 文科에 오르고 작아도 進士는 할 수 있다. 문과의 紅牌하는 것은 두 자밖에 안 되지만 무엇이든 할 수 있어 돈자루라고 할 수 있다. 진사는 나이 삼십에 첫 벼슬을 해도 이름이 나고 다른 훌륭한 벼슬을 또 할 수 있다. 귀는 日傘 밑 바람으로 하여 희어지고 배는 종놈의 대답 소리에 저절로 불러진다. 방에는 노리개로 기생이나 두고 마당에는 鶴을 먹일 것이다. 궁한 선비가 되어서 시골에 가 살아도 자기 뜻대로 할 수 있으니 이웃집 소가 있으면 내 논밭을 먼저 갈게 하고 마을 사람들을 불러 내 밭 김을 먼저 매게 하는데 어느 놈이든지 감히 말을 잘 듣지 않으면 코로 잿물을 먹이고 상투를 붙들어 매고 수염을 자르는 등 갖은 형벌을 해도 감히 원망을 할 수 없는 것이다.」

부자는 이러한 내용을 듣다가 질겁을 하고,

「아이구 맹랑합니다그려. 나를 도적놈으로 만들 심판
　이란 말이요.」
하면서 머리를 설레설레 젓고는 한평생 다시는　양반이
란 말을 입 밖에 내지 않았다.

〈목판본〉

虎　　叱

〔해 설〕 虎　　叱

———양반 도학들의 호색적인 생활을 그린
우화 단편

　연암(燕巖)의 〈열하일기(熱河日記)〉 관내정사(關內程史)편
에 수록된 이 작품은 호랑이를 의인화한 우화적　단편소설이
다.
　플로트는 북곽(北郭)선생이 동리자(東里子) 집에 가서　놀
다가 겨우 봉변을 면하고 도망해 오던 중 큰 호랑이를 만나 그
호랑이로부터 질책을 듣다가 아침에 돌아왔다는 하루밤 사이
에 벌어진 사건을 표현한 작품이다.
　단편소설로서는 가장 간결하면서도 주제를 잘 표현해 놓은
압축된 작품으로 연암의 가장 난해한 문장으로 알려져 있다.
　이 작품의 주제는 유학자의 위선적인 음탕한 생활과 그 위
선적인 심리를 분석하고 해부하여 풍자한 작품으로 우화이기
는 하나 이 작품만큼 가장 절실한 비유를 가지고 표현된 풍
자소설은 드물 것이다.
　우리는 이 작품에서 작자의 양반 도학자들에 대하는 태도
를 여실히 볼 수 있고 실지에 있어서 작자는 당시의 양반 도
학들을 이 작품같이 대한 것이다. 요컨대 이 작품은 조선시
대 양반 도학들의 위선적이고 호색적인 생활을 풍자한　소설
로서는 백미(白眉)라 하지 않을 수 없겠고 주인공의 심리 추
이를 추구한 작품이라는 점에서 높이 평가된다.

虎叱

호랑이는 모든 일에 뛰어날 뿐만 아니라 슬기롭고 용맹스러워서 감히 천하에 대적할 만한 상대가 없다. 그러나 기는 놈 위에 나는 놈이 있다는 격으로 狒胃·竹牛·駮·五·色獅子·玆白·駒犬·黃要 등은 호랑이를 잡아먹는 사나운 짐승으로 알려져 있다.

猾이란 동물은 뼈가 없는 관계로 호랑이가 꿀떡 삼켜 버리면 뱃속에 들어가서 그 간을 떼어 먹으며 酋耳란 짐승은 호랑이를 갈기갈기 찢어서 잡아먹는 습관이 있다. 그리고 호랑이가 猛傭을 만나면 무서워서 눈을 감고 감히 보지도 못한다. 그러나 사람은 이와는 반대로 맹용을 두려워하지 않고 오히려 호랑이를 무서워한다. 어쨌든 그 위엄이란 굉장하다. 호랑이가 개를 잡아먹으면 술 마신 것처럼 취하고, 처음으로 사람을 잡아먹으면 그것이 屈閣^{굴 각}이란 귀신이 되어서 겨드랑이에 붙어서 호랑이를 부엌으로 인도한다. 주인의 명에 의하여 그 아내가 밤참을 하러 들어오면 두 번째로 그 사람을 잡아먹는다. 그러면 彝卪^{이 올}이란 귀신이 되어서 호랑이의 볼에 붙어 다니며 모든 것을 잘 살핀다. 만약 산골짜기에 이르러서 함정이 있으면 먼저 가서 위험이 없도록 차귀를 풀어 놓는다. 호랑이가 세 번째로 사람을 잡아먹으면 鬻渾^{육 혼}이란 귀신이 되어 늘 턱에 붙어서 친구의 이름을 많이 왼다. 하루는 호랑이가 이 세 귀신을 불러 놓고 하는 말이,

「날도 저물고 시장기가 드는데 무어 맛있는 음식은 없는가.」

이 말을 듣고 굴각이란 귀신이 말하였다.

「뿔도 없고 날개도 없는데 검은 머리를 하고 점잔을 빼며 꼬리처럼 상투를 한 물건이 있읍니다.」

그러나 이올이란 귀신은,

「東門^{동 문}에 맛있는 음식이 있는데 그것은 醫師^{의 사}란 놈이며, 늘 약품만 먹으니 살과 고기가 향기롭고 西門^{서 문}에는 무당이란 놈이 있어 神^신을 섬기며 날마다 목욕을 하니 퍽 깨끗합니다. 이상 둘 중에서 마음대로 고르십시오.」

하였다. 이 말을 들은 호랑이는 화를 버럭 내며 말하였다.

「의사란 원체 의심이 많은 놈이라서 이 약 저 약으로 여러 사람을 시험하다가 한 해에도 수만명을 죽이며 무당이란 놈 역시 거짓이 많아 神^신을 속이고 여러 사람을 꾀어 푸닥거리를 하는 등 한 해에도 수만 명을 죽이니 뭇사람의 원한이 뼈 속에 배어 독소가 있을 것이니 어찌 먹는단 말이냐.」

육혼이가 말했다.

「맛있는 음식이 있는데 肝과 膽에는 仁義가 깃들여 있고 忠潔을 가슴에 지니고 禮樂을 지키며 입에는 百家의 말을 외우고 마음 속에는 만물의 이치를 통달하는데 이름하여 큰 선비라고 합니다. 온몸에는 五味가 구비되어 있읍니다.」

「곧이 들리지도 않는 소리는 하지도 말라. 얼마나 고기가 雜되고 맛이 不純하겠느냐.」

하며 호랑이는 못마땅하다는 듯 비웃어 버리곤 들은 체도 않았다.

鄭나라 어느 고을에 北郭先生이란 사람이 살고 있었다. 나이 불과 사십에 손수 校註한 책이 만권이나 되고 많은 經書를 풀이한 것이 일만 오천 권이었다. 天子는 그 행실을 칭찬하고 諸侯도 그의 이름을 사모하였다. 이 고을 동쪽에 일찍 과부가 된 아름다운 여자가 살고 있었는데 이름을 東里子라 하였다. 천자는 그 절개를 칭송하고 제후는 어진 그 성품을 사모하여 그 여자가 살고 있는 둘레 일대를 「동리과부의 마을」이라 하였다.

그녀는 절개를 잘 지켰지만 성이 모두 다른 다섯 아들이 있었다.

마침 어느날 밤이었다. 안방에서 사람의 목소리가 흘러 나왔다. 그런데 음성은 북곽선생과 비슷하였다. 다섯 형제는 문틈으로 들여다보았다. 동리자가 북곽선생을 청해다 앉히고,

「그전부터 선생님의 덕을 사모해 왔읍니다. 오늘밤 선생님의 글 읽으시는 소리를 들려 주셨으면 합니다.」

북곽선생은 옷깃을 여미고 고쳐 앉으며 시를 읊었다.

「鴛鴦在屛하니 耿耿流螢이로다

維鸒維椅하니 云誰之型고興也*라」

이 모습을 본 다섯 아들은,

「남자가 과부의 집에 들어가지 않는 것이 예의인데 이런 것을 잘 아는 어진 북곽선생일 리는 만무하고 들으니 성문 밖에 허물어진 여우 굴이 있다는데 그곳에 있는 천년 묵은 여우가 북곽선생으로 도습한 것이 분명하다. 여우의 갓을 쓰면 천금의 부자가 되고 여우의 신을 얻으면 대낮에도 자기 몸을 보이지 않게 할 수 있고 여우의 꼬리를 가지면 아름다와져서 사람이 따른다고 하니 저놈의 여우를 죽여서 나눠 가지기로 하자.」

이렇게 의논한 다섯 아들들은 방을 둘러싸고 뛰어 들어갔다. 북곽선생은 크게 놀라서 달아나 버렸다. 어둔 밤에 기다시피 하여 도망치다가 그만 들 가운데에 있는 거름통에 빠지고 말았다. 허우적거리다가 겨우 기어나와 고개를 들고 보니 끔찍하게도 호랑이가 앉아 있지 않은가. 질겁을 하고 멈칫할 즈음 호랑이는 얼굴을 찡그리고 코를 막으며 고개를 돌리고,

「엣, 선비녀석 추하기도 하군.」

하는 것이었다. 북곽선생은 무릎을 꿇고 머리를 숙여서 코가 땅에 닿도록 세 번이나 절을 하고 우러러 빌었다.

「호랑님의 덕은 퍽 큰 바 있어 덕망이 있는 사람은 호랑님의 몸가짐을 본받고 임금은 그 걸음을 배우고 애들은 그 효도를 본뜨며 장수는 그 위엄을 취하고져 하오니 참으로 호랑님은 바람과 구름의 조화를 부리는 神이나 龍과 같사오며 소생은 바람에 불리우는 천한 몸이올시다.」

---

*흥야 : 육의(六義)의 하나.

이 말을 들은 호랑이는 꾸짖으며,

「이놈 가까이 오지도 말라. 선비 놈은 간사하다는 말을 들었지만 과연 평소에 있어서 모든 욕은 나에게 쏟아 놓더니 그런 것은 잊은 듯 지금 와서는 처지가 급하게 되니 내 눈앞에서 아첨을 하는 꼴이라니 누가 너를 믿을 수 있단 말이냐. 천하의 이치는 하나인 것이다. 호랑이가 참으로 나쁘다면 사람의 성품도 나쁜 것이요, 사람의 성품이 착하면 호랑이의 성품도 또한 착한 법이다. 네가 입버릇처럼 삼강오륜을 떠들어 봤자 길거리에 뻔뻔스럽게 쏘다니는 사람들은 모두가 글깨나 안다는 소위 양반들이다. 그러나 이들은 갖은 수단으로 나쁜 일을 하는데 도무지 고치질 못한다. 호랑이는 이런 일이 없으니 사람보다 어질지 않으냐. 우리들 호랑이는 풀 나무 버러지 등을 먹지 않고 술과 같은 난잡한 것을 즐기지 않으며 모든 일에 대범하고 노루 사슴 말소 등을 잡아 먹되 음식에 대한 불평을 하는 일이 없으니 우리 호랑이의 하는 처사가 어찌 바르지 않을 바가 있으랴. 우리 호랑이가 사슴 노루를 잡아 먹는다고 시비하고 소나 말을 죽인다고 사람들이 원수같이 알지만 사람에게 은혜를 베풀고 공이 있는 사슴 노루 그리고 말 소를 살 한 점 뿔따귀 하나 남기지 않고 잡아 먹어 우리 호랑이의 먹을 것까지 침범하여 굶주리게 하면서 무슨 잔말이냐. 그리고 남의 물건을 훔치는 것을 도적이라고 하는데 利慾을 위하여 밤낮으로 돌아다니며 手腕을 자랑하고 눈을 좋잖게 뜨며 후려 갈기고 싸우는 것을 부끄럽게 여기지 않고 심한 놈은 돈을 벌기 위하여 마누라까지 파는 형편이니 윤리 도덕은 도대체 말할 나

위도 없다. 그리고 메뚜기의 식량을 뺏고 누에의 옷을 빼앗고 벌의 단꿀을 훔치며 심한 것은 개미 새끼를 소금에 절여 죽이니 그 악독한 행위는 너희들보다 더 심할 수가 있으랴. 너희들 의론은 항상 하늘을 내세워 합리화시키려고 하는데 사람이나 호랑이나 같은 조화물이 그 천지 생물의 의리를 말한다면 사람이나 호랑이나 메뚜기나 누에나 벌이나 개미 할 것 없이 서로 생활하여 서로 해쳐서는 안 되는 법이다. 그리고 엄밀한 의미에서 잘잘못을 따진다면 공공연하게 벌집이나 개미집을 부셔서 가로채고 메뚜기나 누에의 저장한 물건을 약탈하는 놈을 도적이라고 안 할 수 있겠느냐 말이다. 우리 호랑이가 잡아 먹은 노루나 사슴의 수효를 따져 보면 사람들이 잡아 먹은 노루나 사슴의 수효보다 많지 않으며 호랑이가 먹은 말이나 소는 사람이 잡아 먹은 말이나 소보다 많지 않을 것이다. 그리고 호랑이가 사람을 잡아 먹은 수효는 사람 저희들끼리 잡아 먹은 수효보다 많지 못하다. 지난해 關中(관중)에 큰 가뭄이 들었을 때 서로 잡아 먹은 것이 수만이요, 또한 往年(왕년)에 산동지방에 큰 홍수가 났을 때에 백성들이 서로 잡아 먹은 것이 수만이었다. 그러나 이까짓 것은 아무것도 아니고 옛날 춘추전국시대에는 흐르는 피가 천리나 되는 먼 거리까지 뻗쳤고 넘어 자빠진 시체가 백만이었던 것이다. 우리 호랑이의 사회에는 水害(수해)나 旱災(한재)가 없으므로 하늘을 원망하지 않고 원수다 은혜다 하는 것을 잊고 있으니 사물에 거슬르지 않고 天命(천명)을 알아서 이에 순종하니 무당이나 의원의 간사함에 현혹되지 않으며 천성을 다하여 실천하기 때문에 세속적인 명리에 빠지지 않으니 이것이 우리 호랑이의 얼룩진 무늬 하나만으로도 충분히 그 위세를 천하에 드러내고 병정 하나 빌리지 않고도 발톱과 어금니만으로 용맹스러움을 천하에 드날리는 증거가 되며 본성대로 어김없이 몸을 가지니 이것은 천하에 널리 효도를 펴는 증거가 되는 것이다. 하루에 한번 잡아 먹는데 까마귀 소리개 또는 청마구리 말개미에게 먹을 것을 나눠주니 그 仁은 말할 것 없고 讒訴하여 남을 해치는 놈 병들은 놈 상제등은 잡아 먹지 않으니 그 義란 말할 필요도 없다. 그러나 너희들 인간이 잡아 먹는 것은 어찌 그렇게도 어질지 못하냐. 함정을 파서 잡는 것도 부족해서 여러 가지 그물로 새나 물고기를 잡아 먹으니 처음 그물을 만들어낸 놈은 천하에서 가장 큰 화를 남겨 놓은 것이다. 그리고 여러 가지 창들이며 벼락 같은 소리와 번개 같은 빛을 내며 터져나가는 총이라든가 칼과 활 등 여러 가지 무기가 일시에 발동하면 많은 귀신이 밤중에 울부짖게 되니 그 서로 잡아 먹는 혹심한 꼴이란 너희들보다 더 심한 것이 어디 있으랴.」

북곽선생은 땅에 엎드려 절을 꾸벅꾸벅 하며 머리를 수그리고,

「비록 나쁜 일을 저지른 사람일지라도 참회하고 몸을 깨끗이 하면 上帝를 섬길 수 있다 하오니 이 천하고 못난 사람을 살펴 주옵소서.」

하며 숨을 죽이고 대답 있기를 가만히 기다렸으나 오래도록 아무 답이 없었다. 북곽선생은 송구스럽게 생각하고 손을 비비며 머리를 숙이고 있다가 문득 우러러보니 동쪽 하늘이 이미 밝아지고 호랑이는 사라져 없고 그 옆에

섰던 밭에 나온 농부들이,
　「아, 선생님은 이른 아침에 어디다 대고 이렇게　절을 하고 계십니까.」
하고 물었다. 북곽선생은,
　「하늘이 높으니 우러러보지 않을 수　없고 땅이 넓으니 구부려 보지 않을 수 없다는 말이 있네. 나는　이것을 실천해 본 것뿐일세.」
하며 쓴 웃음으로 어색한 표정을 하는 것이었다.

〈목판본〉

廣文傳

〔해 설〕 廣文傳

——양반과 걸인의 생활을 적나라하게 표현한
장편(掌篇)소설

하류계급인 걸인 광문(廣文)의 생활을 그린 작품으로 장편
적(掌篇的) 소설이다.
걸인 광문의 순수한 인간성과 그 초연한 생활을 간결하게
잘 표현하였다. 부패한 양반사회, 허위와 위선과 기만과 오
만으로 살아가는 양반들의 생활이 있는가 하면 천하의 불쌍
한 걸인에게도 동정의 눈물과 순진함이 있고 허욕이 없는 태
연한 생활과를 비교해 볼 때 작자가 어디에 주제를 두고 있
나를 알 수 있다.
도덕생활을 부르짖고 가장 점잖고 진실하게 산다는 양반의
생활 이면에는 위선 허욕 방탕 오만이 가득차 있는 데 반하여
비천한 생활을 하고 있는 걸인의 생활에서 오히려 인간적인
순진성과 아름다운 정서를 찾아볼 수 있으며 결코 허욕에 눈
을 뜨지 않고 자기 분수를 지키면서 살아가는 생활이 있다는
것을 표현하므로써 상반된 양반의 생활과 걸인의 생활을 대
치시켜 양반들의 위선적 생활을 풍자하고 비판코자 하였다는
것이다.
표면적으로는 풍자적 수법을 쓰지 않았으나 한편으로는 훌
륭한 풍자를 내포하고 있는 작품이라 하겠다.

^{광 문 전}
廣文傳

廣文^{광 문}은 밥을 빌어 먹으며 근근히 살아가는 거지였다.

어느날 구걸하기 위하여 종로거리에 나갔었다. 그런데 여러 거지 아이들은 광문을 모셔다 저희들 두목으로 추대하였으며 자기들이 살고 있는 窟^굴이나 가만히 앉아서 지키도록 하였다.

하루는 눈비가 쏟아지는 몹시 추운 날인데 여러 거지 아이들은 모두 구걸하러 나갔다. 그런데 한 아이는 병으로 따라가지 못하였다. 그는 춥고 아파서 슬피 느껴 울었다. 광문은 퍽 불쌍히 여겨 나가서 밥을 얻어다가 그 아이에게 먹이고져 돌아와 보니 이미 숨을 거둔 뒤였다. 밥 빌러 나갔던 여러 거지 아이들은 마침내 집에 들어와 보고 광문이가 죽인 것으로 의심하였다. 그래서 광문을 마구 때려서 내쫓아 버렸다. 광문은 캄캄한 어두운 밤에

허둥지둥 기어서 마을 어느 인가를 찾아 뛰어 들어갔
다. 그런데 그 집 개가 놀라서 덤비며 마구 짖는 것이었
다. 집 주인은 광문을 붙잡았다. 광문은,

　「나는 원수를 피하기 위함이지 도적은 아닙니다. 주인
　님께서 믿지 못하시면 내일 아침에 장거리에 가서　알
　아 보시면 됩니다.」

하며 말하는 품이 퍽 순박하여 보였다. 집 주인은 속으로
광문이가 도적이 아님을 짐작하고 새벽에 놓아　주었다.
광문은 사례를 하고 거적대기를 하나 얻어 가지고 가 버
렸다. 집 주인은 괴상하게 여겨 그 뒤를 따라가 보았다.
　여러 거지 아이들은 한 屍體를 끌고 水標橋까지 오더니
그 다리 밑에다 시체를 버리는 것이었다. 광문은 다리 밑
에 숨었다가 거적대기로 둘둘 싸서 등에다 걸머지고 서대
문 밖 공동묘지에다 묻어 주었다. 그리고는 슬피 울면서
무엇인가 중얼거렸다. 이것을 숨어서 보고 있던 집 주인
은 달려들어 광문의 손을 잡았다. 광문은 이때에 전후 사
정 이야기를 남김없이 다 했다.
　이것을 듣고 집 주인은 감탄한 나머지 광문을 데리고 자
기 집으로 돌아와서 옷을 주는 등 후대하였다. 마침내 광
문을 어느 약장사 하는 부자집에 천거하여 주었다. 그 집
에서 고용살이를 한 지 오래된 어느날 그 집 주인은 문밖
으로 나가며 힐끔힐끔 되돌아보고 다시 방으로 들어와 살
피고 다시 나가면서도 무엇인가 마음에 못마땅한 눈치였
다. 볼일을 다 보고 돌아온 주인은 방 안을 살펴보고 깜
짝 놀라며 광문을 노려보고 무엇인가 말하려다가　얼굴
빛을 고치고는 말이 없었다. 광문은 무슨 영문인지도 모
르고 다만 묵묵히 일할 뿐 주인 눈치가 불쾌하다고 해서

무단히 그 집을 떠날 수도 없는 노릇이었다. 며칠이 지난 뒤 그 집 주인의 처조카 되는 사람이 돈을 가지고 와서 부자(주인)보고 하는 말이,

　「저번에 제가 아저씨한테　돈을 좀 취하고져 찾아왔었는데 마침 안 계셔서 방에 들어가서 돈을　가져갔는데 아마 아저씨는 모르셨을 것입니다.」

하는 것이었다. 이 말을 들은 주인 부자는 크게 후회하며 광문에게 사과를　하였다.

　「나는 옹졸한 사람이오. 공연히 그대의 마음을 상하게 해서 이제부터는 그대를 대할 면목조차 없소.」

하며 아는 사람이나 친구인 부자나 또는 큰 장삿군 그리고 宗室과 높은 벼슬을 하는 사람에게까지 광문을 행실이 옳고 바른 사람으로 소개하고 칭찬하였다.

　그래서 모든 사람들이 모여 앉기만 하면 으례 광문을 칭송하는　이야기로 꽃을 피웠다. 어느덧 두서너달 사이에 士大夫들까지도 광문을 옛날 어진 사람처럼 인식하게 되었다.

　이때에 서울 장안에서는 모다들 광문을 후하게 대우하여 그를 천거해준 사람을 어진 사람으로 보고 또한 약장사 하는 부자 역시 훌륭한 인물이라고 칭찬하였다. 돈놀이하는 사람이 典當鋪를 하는 데 있어서 목걸이 옷 그릇 그림집 토지 및 종문서 등 물품을 담보로 영업을 하는 것이 당연한 일인데 광문은 아무런 전당을 잡히지　않고도 천금을 대부받을 수 있는 신임이 있었다. 그러나　광문은 지극히 얼굴이 못났었다. 말솜씨도 없어서 사람을 움직일 만한 능력이 없고 입은 커서 주먹 둘이 한꺼번에 들어갈 수 있을 정도였다. 게다가 아주 심한 장난꾸러기여

서 별별 짓을 다 하였다. 그래서 이 어린애들은　상대방을 서로 헐어서 말하기를,

「네 형이 達文이지.」

하면 못난 것을 상징하므로 큰 욕이 되는 것이었다. 그것은 달문이 광문의 별명이었던 까닭이었다.

　광문은 싸우는 사람을 만나면 웃통을 벗어 젖히고　덤벼들며 무엇을 입으로 중얼거리며 엎드려서 땅에다 금을 긋고 잘잘못을 가리는 시늉을 하는 것이었다. 이것을 본 온 장터 사람들은 모두 웃고 싸우던 사람도 또한 웃으며 헤어져 버린다. 광문은 나이 사십이 넘도록 머리를 땋은 총각이었다. 사람들이 장가들기를 권하면,

「어여쁜 계집의 얼굴은 누구나 다 좋아하는 법이요. 그러나 이것은 남자에만 국한한 것이 아니지요.　여자도 또한 잘생긴 남자를 희망하거든요. 나는 이런 추한 얼굴을 하고서야 어찌 계집이 따를라구요.」

또 어떤 사람은 집을 장만하라고 권하면,

「나는 부모 형제 처자가 없는데 집을 장만해서 무엇하오. 아침에 일어나 노래 부르며 시내에 들어가 밥을 얻어 먹고 해가 저물면 부자집 문턱에서　잔대도 장안 호수가 팔만인데 날마다 그 장소를 옮겨도 내 생전에 다 끝나지 못할 것이오.」

이렇게 대답하는 것이었다.

　장안에 이름난 기생으로서 얼굴이 어여쁘고 노래와 춤을 잘해도 광문의 입에서 칭찬이 나오지 않으면 그 기생은 단 한푼어치의 가치도 될 수 없었다. 어느날 궁궐 안 別監들이며 駙馬들 또는 그 아래서 일하는 사람들이　이름난 기생 雲心을 찾아갔다. 술상을 차려 놓은 가운데

장고 거문고 등에 맞추어 춤추기를 부탁하며 애원하다시피 하였다. 그러나 운심은 자꾸 미루면서 춤출 생각은 꿈에도 하지 않는 것이었다. 마침 광문은 밤에 이들이 노는 집 밑에 다다라 머뭇거리다가 방에 뛰어 들어가 상좌에 앉았다. 광문은 비록 다 떨어진 옷을 입었지만 아무 거리낌없이 당당한 태도였다. 눈 가가 진물러 눈곱은 더덕더덕하고 술 취한 목소리로 중얼거리며 상투는 풀어서 머리는 산발하고 있었다. 술 좌석에 앉았던 사람들은 크게 놀라서 서로 눈짓을 하며 광문을 몰아내 쫓아 버리고져 하였다. 그러나 광문은 더욱 다가앉으면서 무릎을 치고 콧노래를 부르면서 장단을 맞추는 것이었다. 운심은 일어서더니 옷을 고쳐 입고 광문을 위하여 칼춤을 추기 시작하였다. 좌석은 즐겁게 놀았다. 그리고는 광문과 친구를 맺고 헤어졌다.

〈목판본〉

林虎隠傳

—— 동양 중세 남성들의 이상적 애정생활과
　　무용담

　남주인공의 이상적인 애정생활과 무용담을 표현한 애정소설의 두 유형을 교묘히 구성해 놓았으므로 이상소설이란 유형에 포함시켜 보았다.

　이 작품의 구성이나 표현에 있어서도 우연성과 전기성(傳奇性)을 남용하여 구성면에서나 표현상의 특성을 찾아볼 수 없다. 〈구운몽〉에서나 〈옥루몽〉에서와 같이 처첩간의 쟁총(爭寵)을 찾아볼 수 없으니 이 작품은 동양의 중세기 남성들의 이상적인 애정생활과 남주인공의 무용담을 표현한 작품이라 하겠다. 그래서인지 여주인공들이 전쟁터에 나아가 남주인공을 돕는 플로트를 찾아볼 수 없고 남주인공의 독무대로 되어 있다.

　봉건적 생활을 표현했다고 볼 수 있으나 남주인공이 인연을 차례로 맺게 되는 플로트가 대부분이고 직접 남주인공이 여러 부인을 거느리고 가정생활을 영위해 가는 구체적인 표현은 해놓지 않았다.

　〈구운몽〉이나 〈옥루몽〉은 봉건적인 가정생활의 이모저모를 구체적으로 표현해 놓았으나 이 작품에서는 가정의 애정생활을 현실적 구체적으로 표현하지 못한 점이 아쉽다 하겠다.

林虎隱傳

임 호 은 전

卷之上

화설, 중국 송나라 시절에 蘇州(소주) 雪鶴洞(설학동) 白鶴村(백학촌)에 일위 선비가 있으니, 성명은 林俊逸(임준일)이요, 옛날 吏部尚書(이부상서) 兼(겸) 太學士(태학사) 林淡(임담)의 종손이요, 大可馬(대사마) 대장군 겸 兵部尚書(병부상서) 林參(임삼)의 아들이라.

천성이 청고하여 벼슬을 구하지 아니하고, 고향에 돌아와 그 부인 楊氏(양씨)와 더불어 스스로 농부 어옹이 되어 달 아래서 밭 갈기와 청강에 고기 낚기를 일삼아 한가히 세월을 보내니, 그 청고한 덕행을 뉘 아니 탄복하리오.

그 부인은 전임 병부상서 楊漢英(양한영)의 제 삼녀라. 정숙하고 妊姒(임사)의 덕이 있으나 슬하에 자손이 없어 조선 봉사를 전할 곳이 없으매, 부부가 매양 슬퍼하더라.

일일은 시비가 들어와 고왈,

「밖에 한 노승이 노야께 뵈오려 하나이다.」

　공이 이상히 여겨 즉시 외당에 나가 보니, 일위 노승
이 眞珠瓔珞*을 메고 六環杖을 짚고　태연히 들어와 예
하고 앉거늘 공이 살펴보니 얼굴이 도화 같고 태도가 단
아하고 속세의 凡僧이 아닐러라. 공이 들어 답하고 가로
되,

「존사가 무슨 가르침이 있어 누지에 이르시느뇨.」

　노승이 欠身 답왈,

「소승은 西天 天竺國 靈鷲山 地藏庵 化主이옵더니, 법
당이 퇴락하여 불상이 풍우를　피하지 못하기로 절을
중수하고자 하오나 재력이 부족하여 不遠千里하고 왔사
오니, 상공은 대덕을 드리우사 施主하심을 바라나이다.」

　공이 청파에 흔연히 황금 오백 냥과 채단 칠십 필을 勸
善에 기록하고 왈,

「우리 소원이 다만 후사를 바라나이다.」

　노승 왈,

「절을 중수한 후에 불전에 발원하여 보리이다.」

하고, 금백을 받아 수습하고 일어나 하직한 후에 성에 내
려 두어 걸음에 문득 五雲이 일어나며 인하여 보이지 아
니하거늘, 그제야 신선인 줄 알고 내당에 들어와 부인을
대하여 수말을 이르니 매우 신기히 여기더라.

　일일은 부인이 후원 花角亭에 올라 춘경을 완상하더니,
몸이 곤함을 견디지 못하여 난간을 의지하여 잠깐 졸더
니, 문득 채운이 집을 두르며 공중에서 날개 돋친 범이
입을 벌리고 안개를 토하며 달려들어 부인을 물려 하거
늘, 놀라 깨달으니 일장춘몽이라.

　공을 청하여 꿈을 이르니 공이 이상히 여기더라.

---

*영락 : 목이나 팔에 두르는 구슬을 꿴 장식품.

이때는 暮春望間이라. 계변 양류는 푸른 실을 드리우고 지당 백화는 만발하였으니 춘경이 가려한지라. 공이 춘흥을 띠어 동자로 술을 부어 마시며 五絃琴을 희롱하여 鸞鶴을 춤추이다가 서안을 의지하여 잠깐 졸더니, 홀연 서쪽에서 큰 별이 떨어져 입으로 들어오거늘, 공이 그 별을 삼키고 깨달으니 南柯一夢이라.

공이 신기히 여겨 태몽인가 의심하더니, 양씨가 과연 그 달부터 잉태하여 열 달이 되어 일일은 집안에 향취가 진동하더니 이윽고 부인이 일개 옥동자를 낳으니, 한 쌍 선녀가 하늘에서 내려와 향수를 기울여 이 아이를 씻겨 눕히고 가로되,

「차아는 범상한 아이가 아니라 천상 무우성이옵더니, 上帝께 득죄하여 인간에 謫降하매 부인께 의탁하오니, 부인은 차아를 귀히 길러 무궁한 복록을 누리소서. 나이가 십세 전에 이별하기 쉽사오니 조심하여 기르소서서.」

언필에 구름에 올라 간 곳을 알지 못하더라.

양씨가 선녀의 말을 듣고 시녀에게 임공을 청해 오라 하니, 공이 황급히 들어와 신아를 보니 피부가 백설 같고 표두 용안에 연함호비요, 미간에 日月精氣가 은은하고 곰의 등에 이리 허리라. 두 어깨는 산이 섰는 듯하고 가슴 위에 검은 점은 칠성을 응하였으며, 소리가 웅장한지라.

공이 滿心歡悅하며 몽조를 생각하여 이름을 虎隱이라 하고, 자를 豐孟이라 하여 掌中寶玉같이 사랑하여 기르더라.

세월이 여류하여 호은의 나이 오세에 이르니, 골격이

웅장하여 십세가 지난 장부 같은지라. 글을 배움에 聰
明穎悟하여 聞一知十하고, 겸하여 효행이 특출하여 昏定
晨省 때에 어김이 없으며, 낮이면 글을 읽고 밤이면 월색
에 후원에 올라 창 쓰기와 말 달리기를 공부하니, 그 영
웅의 기상의 됨됨을 알러라. 공이 경계 왈,

「남아가 세상에 나서 학업에 힘써 몸이 청운에 올라
성주를 도와 백성을 다스리고, 집에 돌아와 부모께 효
도하고 영화로써 어진 이의 효를 본받음이 옳거늘, 너
는 십세 전의 유아로서 무예를 즐기니, 이는 나의 바
라던 바가 아니로다.」

호은이 부친의 엄교를 듣고 꿇어 고왈,

「엄교 마땅하시오나 대장부가 처세함에 文武兼全하여
昇平之時는 龍麟을 받들어 옥망 명사가 되고, 난시를
당하오면 피견 執禮*하여 사해를 진정하고 이름을 竹帛
에 드리우며, 얼굴을 麒麟閣에 걸어서 후세에 전함이
당당한 대장부의 사업이어늘, 녹록히 글만 읽는 썩은
선비가 되리이까. 소자가 비록 용우하나 후일 이름이
顯達하오리니, 복원 야야는 소자의 일을 금하지 마소
서.」

공이 아들의 말을 들으니 心中이 상쾌한지라. 아들의
인품을 짐작하고 이후로는 금하지 아니하더라.

하루는 임공이 아들을 데리고 뒷 시내에서 고기를 낚
으러 나아갈새, 호은이 낚싯대를 메고 가더니, 문득 길
에서 한 사람 중이 오다가 앞을 막고 합장 왈,

「소승은 華藏에 있던 중이옵더니, 우연히 이곳을 지나
다가 공자의 상을 보니 이는 숲에 든 범의 상이요, 해

---

* 집례 : 제향(祭享) 때에 두는 임시 벼슬. 홀기(笏記)를 읽음.

중에 잠긴 용의 형상이나 미구에 부모와 이별할 것이
며, 도중에 고행이 심하다가 필경은 四妻二妾에 九子
五女를 두고 부귀가 일국에 진동하리라.」
하고 표연히 가거늘, 호은이 대로 왈,
「너는 어떠한 妖僧인데 미성한 아이의 길흉을 일러 남
의 앞길을 의심케 하느냐.」
그 중이 미소 왈,
「소승이 공자의 앞길을 의침함이 아니라 자세히 고하
리니 들으소서. 범이란 것은 어렸을 적에 어미를 떠나
바람을 일으켜 기운을 발하는지라, 이것으로 공자의
이별이 쉬우리라 함이로소이다. 공자가 만일 길흉을 명
백히 알고 싶으시면 金華山 流水先生을 찾아 물으소
서. 소승의 이름은 冠益이니 후일 다시 보오리다.」
하고 소매를 떨치며 표연히 가거늘, 호은이 다시 따르고
자 하더니, 부친이 만류하시는고로 화를 참고 낚시질을
하다가 날이 저물어 돌아오니라.

이 날 임공이 관익의 말을 듣고 의심이 나서 부인에게
그 말을 이르고, 혹시나 이별이 있을까 하여 아들의 사
추를 기록하여 금낭에 넣고, 양씨 또한 옥지환 한 쌍을
내어 사주와 함께 금낭에 넣어 채우고 차후로 부모가 염
려를 놓지 못하더라.

각설, 冀州都督 宋而周가 졸지에 대병 십만을 발하여
기주현 동서 사십여 성을 항복받고 장차 도성을 범하고
자 하니, 그 형세가 웅장하더라.

송 이주가 임 준일의 어짊을 듣고 군중 참모를 삼고자
하여 대장 胡連忠을 보내어 소주를 빼앗고 임 준일을 잡
아 오라 하니, 호 연충이 명령을 듣고 군을 거느려 소주

를 칠새, 牧使 李雲夢을 베고 성중에 웅거한 후 백성을
겁칙하여 군사를 삼으니, 소주읍이 경황하여 서로 손을
잡고 피란하니, 이때 임공도 불의지변을 만나 아들을 업
고 양씨와 함께 산 속에 피란하다가 도중에서 적장에게 잡
혀 간 바가 되니, 임공이 하릴없이 부인과 아들을 버리
고 호 연충의 진에 이르니, 호 연충이 임 준일임을 알고
각별 후대하며 개유하여 參謀使를 삼으려 하니, 공이 내
심은 분하나 혹시 부인과 아들을 해칠까 두려워 불가함
을 아나 하릴없어 슬픔을 억제하고 군중에 있으나 본이
충의 집 후예라, 어찌 진실로 섬기리오.

 이때에 양부인이 남편을 적군에게 잡혀 보내고 생사
를 알지 못하여 슬피 울며 아들을 업고 난을 피하여 산
중으로 갈새, 호은이 모친께 고왈,

 「소자가 충분히 갈 수 있으니 모친은 염려 마소서.」
하고, 모친의 등에서 내려 모친을 붙들고 급히 가더니,
문득 한 떼의 도적이 따라와 양씨의 재물을 빼앗고 죽이
려 하니, 호은이 몸으로 모친을 가리고 도적을 향하여 애
걸 왈,

 「재물을 취하고 우리 모자는 살려 주소서.」

 도적이 듣지 아니하고 모두 호은을 결박하니, 호은이
눈물을 흘리고 모친을 붙들며 도적을 향하여 가로되,

 「나만 죽이고 모친은 해치지 마소서.」
하니, 그 중 늙은 도적이 호은의 효성이 지극함을 보고
동료를 말려 왈,

 「이 아이는 모친을 위함이 지극하고 정성이 이 같으니
  그 어미를 해치지 말라.」
하고 맨 것을 끄르니, 한 도적이 이르되,

44

「내가 상처한 후로 아직 續絃*을 못하였으니, 이제 이
  여자를 데려다가 아내를 삼으리라.」
하고 양씨더러 왈,
「내 그대의 모자를 죽이지 아니하리니 나를 따라가자.」
하고 손을 이끌어 앞세우니, 양씨가 비록 죽고자 하나 행
여 호은이 도적의 해를 입을까 두려워 도적을 따라갈새,
호은의 손을 잡고 머리를 어루만져 슬피 울며 왈,
「너는 모름지기 목숨을 보전하여 모자가 서로 다시 만
  남을 바라노라.」
언파에 오열하여 차마 손을 놓지 못하니, 도적이 이 거
동을 보고 소리를 질러 재촉하니, 양씨 망극함을 이기지
못하나 하릴없어 슬픔을 억제하고 도적더러 왈,
「내 그대의 말을 순종하리니 차아를 해치지 말라.」
  도적이 칼을 던지고 양씨를 재촉하여 가거늘, 호은이
따라오며 통곡 왈,
「모친은 해아를 버리고 어디 가려 하나이까. 소자도 한
  가지로 가사이다.」
하고 떨어지지 아니하니, 도적이 대로하여 호은을 결박
하여 큰 나무에 달고 양씨를 재촉하거늘, 양씨 이 거동
을 보고 五內如割하여 도적을 향하여 애걸 왈,
「그대는 저 아이를 결박치 말라. 제 어이 無人處에서
  살기를 바라리오.」
  도적 왈,
「아이를 결박치 아니하면 괴로이 따라오는지라, 행인이
  連絡하였으니 어찌 구하지 아니하리오.」
하고 양씨를 재촉하여 가니라.

―――――――――――――――
  *속현 : 아내를 여읜 뒤 다시 새 아내를 맞는 일.

　　차시 호은이 모친을 이별하고 천지가 망극하여 일신이 나무에 달렸으니, 기운을 수습하지 못하는 중 모친을 부르짖어 울 따름이러라. 목이 붓고 일신을 운동치 못하매 어찌 天^{천도}道가 無^{무심}心하시리오. 홀연 광풍이 대작하며 호은의 달린 나무가 부러져 맨 것이 스스로 끊어지는지라. 호은이 비록 하늘의 도우심을 입어 맨 것을 벗어났으나 무인 산골에 어디에 의지하여 부모를 다시 뵈오리오. 부르짖어 울며 앉았더니, 이윽고 산곡이 들리며 십여 명의 사람이 布^포袋^대를 메고 오다가 이곳에 이르러 쉴새, 호은을 보고 나아와 손을 잡고 문왈,

　「너는 어떠한 아해완데 무인 산골에 있느뇨.」

　호은이 대왈,

　「소자가 부모를 난리 중에 잃고 이곳에 이르니, 천지가 광대하나 일신을 의탁치 못하나이다.」

　기인이 눈물을 흘려 왈,

　「우리도 너 같은 자식이 있더니, 난 중에 잃고 찾지 못함에 슬퍼하노라.」

하고 포대를 열고 음식을 내어 주며 왈,

　「뒤에 도적이 급하기로 너를 거두지 못하니 너는 이것을 먹고 멀리 피하라.」

하고 급히 가거늘, 호은이 음식을 먹으니 정신이 나는지라, 인하여 산하로 내려오며 모친을 부르짖어 슬피 우니 어찌 응답이 있으리오. 다만 산천이 상응하여 슬퍼하는 듯하더라.

　　각설, 이 적에 송 천자가 송 이주의 모반함을 들으시고 대로하사 大^{대장군}將軍 張^{장원}源과 樞^{추밀사}密使 楊^{양처상}處相·禹^{우일보}日輔 등을 명하사 禦^{어림군}林軍 상만을 조발하여 송 이주를 잡아 오라 하

시니, 장 원 등이 조서를 받고 즉시 어림군 삼만을 조발하여 진발할새, 일로에 무사히 행하여 유단교에 이르러 송 이주를 만나 對陣하고 接戰할새, 장 원이 진전에 나와 창을 들고 꾸짖어 왈,

「역적 송 이주는 들으라. 황상이 너를 봉하여 기주 도독을 삼아 계시니 그 은덕이 여천하거늘, 무엇이 부족하여 천은을 저버리고 篡逆을 도모하여 生靈을 해하느뇨. 황상이 진노하셔 나로 하여금 大逆無道를 멸하라 하시매 이에 이르렀으니, 너는 쾌히 목을 늘이어 칼을 받으라.」

송 이주 대로하여 장창을 들고 말을 놓아 장 원을 취하거늘, 장 원이 맞아 싸워 수십여 합에 송 이주 문득 창을 잡아 장 원을 찌르니, 장 원이 몸을 날려 피하고 창을 날려 송 이주를 찔러 마하에 내려치고 左衝右突하니, 감히 막을 자가 없는지라. 장 원이 다시 적장 십여 명을 베고 군사를 몰아 掩殺하니, 사상이 무수하고 사로잡힌 자가 수천이요, 그 나머지 장졸은 각각 목숨을 도망하여 사산 도주하니, 장 원이 사로잡은 장졸을 경사로 보내고 여당을 소청하며 백성을 안무하더라.

이때에 임 준일이 적진에 있다가 일이 위급함을 보고 망명 도주할새, 머리 깎고 중이 되어 步步前進하여 고향의 고택을 찾아 이르니, 집이 소화하고 빈터만 남았는데 잡초가 무성한지라, 임공이 嗚咽悲泣 왈,

「집이 이렇듯 되었으니 호은 모자의 成命이 어찌 보전하였으리오.」

하고 통곡하더니, 날이 저물매 집을 떠나 정처없이 호은 모자를 찾아가니라.

차설, 양씨 천금 아자를 사지에 버리고 龍潭虎穴에 들
어왔으나 송죽 같은 절개가 어찌 변하리오. 일명을 맞고
자 하다가 부와 아자의 사생을 알고자 하여 무궁한 비회
를 참고 지내더니, 일일은 도적을 대하여 설화할새 유정
한체하고 적더러 왈,

> 「나의 몸에 병이 있으매 그대로 더불어 친합치 못하니
> 그대는 나를 무정하다 여기거나 조금도 의심치 말고
> 군의 소임이나 잘 살피라.」

하니, 저 무지한 도적이 어찌 양씨의 뜻을 알리오. 제 이
렇듯 순종하는 말을 들으매 의심치 아니하고 답왈,

> 「그대의 뜻을 몰라 과연 疑慮하였더니, 이렇듯 사정의
> 말을 하니 일후야 어찌 의심하리오. 몸을 잘 조리하여
> 약질을 상하게 하지 말라.」

하더라.

일일은 저희 당류를 모아 노략질하러 가거늘, 양씨 저
희 없음을 보고 몸을 빼어 밤을 타 도망할새, 산벽 소로
로 쫓아 죽기를 무릅쓰고 행하더니 이윽고 날이 새거늘,
전전하여 나아가 한 곳에 이르니 사람의 자취가 있는지
라. 대경하여 길가 수풀에 숨어 살펴보니 문득 일위 산
승이 이르러 길가에 앉아 쉬며 탄식 왈,

> 「슬프다, 양씨와 호은이 어디 가 보전하였는고.」

하며 슬퍼하거늘, 양씨 차언을 듣고 大驚疑惑하여 다
시 살펴보니 이 곧 임공이라. 悲懷交極하여 연망히 내
달아 임공을 붙들고 통곡 왈,

> 「상공은 첩을 모르시나이까.」

임공이 천만 의외에 부인을 만나매 일희일비하여 탄식
왈,

「부인이 어찌 이곳에 있으며, 호은은 어디 있나이까.」

양씨 오열 왈,

「이곳에 오래 머물지 못하리니 그윽한 곳으로 가사이다.」

하고, 부부가 한가지로 산곡에 들어가 양씨 눈물을 흘리고 지낸 바 일편을 말하니, 공이 청파에 한 소리를 지르고 기절하거늘, 양씨 遑遑罔極하여 수족을 주무르며 오열하더니, 반향 후 공이 호흡을 통하고 인하여 통곡 왈,

「슬프다, 팔세 소아가 어찌 살기를 바라리오.」

양씨 다만 위로 왈,

「전일 관익의 말을 들으니 십세 전에 이별하였다가 이십을 당하면 부모를 만나 **부귀**를 누리리라 하였사오니, 상공은 과려치 마옵소서.」

공이 비회 극하나 양씨 말을 듣고 슬픔을 억제하고, 자기의 지난 바 전후 수말을 이르며 부부 양인이 서로 이끌고 호은의 종적을 심방하더라.

차설, 호은이 죽기를 면하였으나 廣濶天地에 어디 가 의지하리오. 부모를 부르짖어 정처없이 가더니, 한 곳에 이르니 이곳은 난이 미치지 아니하여 평안한지라. 공자 왕손이 金鞍白馬에 踏青登高*하여 즐기는지라.

호은이 행하여 성중에 이르니 맑은 바람결에 풍류소리 들리거늘, 호은이 눈을 들어 살펴보니 一座 樓閣이 반공에 淋漓*하고 粉壁紗窓과 朱欄華閣이 광채 찬란하더라.

호은이 걸음을 빨리하여 누하에 이르니, 공자 왕손 등이 수십 창기를 데리고 풍류를 하며 주배를 나누거늘, 호

---

*답청등고 : 봄에 파랗게 난 풀을 밝고 다니며 높은 곳에 오름. 들에 산보 (散步)를 하는 일.
*임리 : 무르녹게 어리어 흐르는 모양.

은이 기갈을 이기지 못하여 누각 앞에 나아가 한 그릇의 차를 청하니 제객이 聽而不聞하고 徘回顧眄하거늘, 호은이 재삼 간청한데, 기중 한 창기 노래를 그치고 호은을 살펴보니, 의복은 남루하나 살이 옥 같고 골격이 장대하여 曉星雙眼에 정기가 어리어 연연히 범인이 아니어늘, 크게 사랑하여 연망히 내려와 호은의 손을 잡고 누상에 올라와 어미를 불러 왈,

「모친은 이 차아를 보소서.」

노고가 눈을 들어 호은을 보니 가장 비상한지라. 크게 사랑하여 執手問曰,

「네 성명이 무엇이며, 나이는 몇이며, 사는 곳이 어디며, 부모 다 계시냐.」

호은이 답왈,

「소자의 성명은 임 호은이요, 나이는 팔세요, 소주 땅에 사옵더니, 난 중에 부모를 이별하고 도로에 유리하다가 이곳에 이르러 두어 때 실시하오매, 기갈을 이기지 못하여 한 그릇 차를 청함이로소이다.」

기녀가 음식을 내어 먹이고 좌중에 청하여 왈,

「첩이 무자하니 차아를 데려다가 양자를 삼아 후사를 잇고자 하나이다.」

제인이 또한 호은을 보고 어여삐 여겨 답왈,

「여 등의 뜻이 이러하고 미랑의 뜻이 또한 여차하니, 이는 하늘이 유의하심이로다.」

기녀가 대희하여 종일 즐기다가 일모 후 파연하매 호은을 데리고 집으로 돌아오니라.

이 창기의 이름은 素梅요, 처음에 호은을 누에 올리던 창기는 柳娘이니 소매의 자식이라. 비록 천인이나 가세

는 饒富하고 성품이 順厚하며 자식이 없으매 유랑으로 더불어 서로 의지하여 세월을 보내더니, 이날 호은을 얻으매 마음이 쾌락한지라. 의복을 선명히 하여 어진 스승을 가려 글을 가르치니, 호은이 본디 一覽輒記*라. 불과 일년에 문장이 대달하여 그 적수가 없으니, 소매 극히 사랑하고 유랑이 또한 친동기같이 여기더라.

세월이 여류하여 호은의 나이 십일세라. 장대한 골격이 늠름 쇄락하여 용력이 과인하고 문장이 빼어나니 보는 자가 칭찬 않는 이 없더라. 연이나 호은이 의식이 유여하고 일신이 편안하되, 조운 월석에 북당 쌍친이 그리워 九曲을 사루는지라.

일일은 월하에 배회하다가 길이 탄식 왈,

「슬프다, 사람이 세상에 처하여 부친을 생각지 아니하고 입에 珍味를 먹고 몸에 錦衣를 입으며 부모의 사생을 잊었으니 어찌 하늘이 두렵지 아니리오. 내 이곳에 온 지 삼년이 넘은지라. 이 집 모녀의 養育之恩을 태산같이 입었으나 나의 연장 후야 어찌 부모를 찾지 아니리오. 떠남이 비록 결연하나 사해를 두루 돌아 부모를 찾아 천륜을 이으리라.」

하고 양모께 고왈,

「소자가 양모의 거두심을 입어 救我之恩이 태산이 경한지라. 마땅히 膝下에 終身하여 은혜를 만분지일이나 갚고자 하였더니, 이제 돌려 생각하매 부모의 死生存亡을 모르고 평안히 앉았을 인자의 도리가 아니라. 이러므로 금일 슬하를 떠나 부모를 찾고자 하나니, 바라건대 양모는 길이 보전하소서. 소자가 비록 용우하

---

*일람첩기 : 한번 보기만 하면 잊지 아니하는 일. 곧 기억력이 썩 좋다는 말.

오나 錦衣로 돌아와 양모를 다시 뵈오리이다.」

언파에 하직하니, 소매가 결연함을 이기지 못하여 왈,

「네 말이 天倫之誼에 당연하나 이제 지향없는 이별을 당하니 어찌 슬프지 아니하리오. 너는 원로에 보중하여 부모를 찾고 수이 돌아와 나의 백발을 위로하라.」

하고 은자 백 냥을 주어 왈,

「너는 이로써 노비를 보태라.」

호은이 받아 행장에 넣고 인하여 하례하고 물러나오니, 유랑이 주찬을 갖추어 전송할새, 호은의 손을 잡고 눈물을 흘려 왈,

「기거는 범상한 사람이 아니라, 타일 반드시 萬人之上이 되어 金堂에 출입할 사람이라. 우리 모녀의 가긍한 정을 생각하여 부모를 찾은 후 수이 돌아와 모친 노년을 위로하라.」

호은이 흔연 대왈,

「부모를 찾은 후 돌아와 모친을 반가이 모시리니, 姐姐는 모친을 모시고 안향하라.」

언파에 손을 나누어 이별하고 길에 올라 정처없이 행하니라.

차설, 호은이 정처없이 행하다가 날이 저물매, 주점을 찾아 밤을 지내고 날이 밝으매 정히 발정코자 하더니, 문득 일위 노승이 들어와 합장 왈,

「소승은 金山寺 七寶庵 化主이옵더니, 불상에 改金이 渝色하였삽기 사처로 捐補를 구하옵나니 공자는 시주하옵소서.」

하고 勸善을 드리거늘, 호은이 흔연히 일백 냥 은자를 내어 주며 왈,

「나의 가진 바 백 냥 은자라. 비록 적으나 보태어 쓰소서.」

노승이 은자를 받고 사례 왈,

「일백 냥 은자를 어찌 적다 하리이까. 공자는 무슨 일을 구하시니이까. 불상을 改金하옵고 발원코자 하나이다.」

호은이 칭사 왈,

「나는 난 중에 부모를 잃고 이제 찾고자 하나니, 존사는 나를 위하여 발원하여 부모를 수이 만나게 하소서.」

노승이 성명을 기록한 후 하직하고 가거늘, 호은이 노승을 이별하고 길을 떠날새 내심에 생각하되,

「전일 관익의 말이 金華山 流水先生을 찾아가 길흉을 물으라 하였으니, 이는 반드시 도가 높은 사람이라. 내 이제 금화산을 찾아가 선생을 보고 길흉을 자세히 알리라.」

하고 찾아갈새, 삼삭 만에 금화산에 이르러 산천을 살펴보니 봄맛이 첩첩하고 유수는 잔잔한데, 골골이 폭포를 이루었으며 삼색 도화는 춘기를 띠어 봉봉이 웃고 향기로운 난초는 안개 속에 잠겼으니, 경개가 심히 아름답더라.

호은이 점점 나가더니, 문득 바람결로조차 옥저소리 들리거늘, 호은이 생각하되,

「이는 범상한 사람이 부는 바가 아니요, 반드시 유수 선생이 옥저를 불어 나를 인도함이로다.」

하고 걸음을 재촉하여 저소리를 좇아 따라가니, 반석 위에 일위 노인이 앉았으되 홍안 백발이요, 머리에 八帽巾을 쓰고 몸에 綾羅袍를 입고 靑藜杖을 의지하여 한 쌍

동자로 일척 短笛^{단 저}를 불리거늘, 호은이 유수 선생임을 알
고 앞에 나아가 공손히 절하니, 선생이 소왈,

「소주 임 호은이 수천리를 발섭하여 유벽 산사를 수고
로이 찾아오는도다.」

호은이 공경 대왈,

「소자는 천지간 죄인이라. 부모를 찾고자 하여 사해 팔
방으로 다니옵더니, 전일 길에서 한 중을 만나 선생의
높은 도덕을 듣잡고 외람히 한번 뵈와 소자의 길흉을
자세히 알고자 하여 不遠千里하고 왔사오니, 복원 선생
은 어여삐 여기사 밝히 가르치심을 바라나이다.」

선생이 빈미 왈,

「노부는 산야 촌인이라. 암혈에 들어 다만 꽃이 피면
춘절이요, 단풍이 들면 동절임을 알 뿐이라, 어찌 인
간 화복을 알리오.」

하고 石枕에 偃臥하여 코를 골거늘, 동자가 호은더러 일
러 왈,

「선생이 잠이 깊었으니 촌객은 정성을 다하여 잠 깨시
기를 기다리라.」

하고 가거늘, 호은이 공손히 꿇어앉아 선생의 잠 깨기
를 기다리더니, 이윽고 날이 저물어 밤이 삼경에 이르매
잠이 더욱 몽롱하거늘, 호은이 더욱 공경하여 발을 쓸더
니, 문득 바람이 일어나며 앉은 바위가 흔들려 능히 안
정치 못하는지라. 호은이 두려워하지 아니하고 발을 쓸
고 앉았더니, 바람이 더욱 크게 불어 천지 진동하며 백
설이 날리고 점설이 분분하여 선생의 얼굴을 적시는지라.
호은이 의복을 벗어 선생의 얼굴을 덮어 맞지 아니하게
하고 다만 잠 깨기를 기다리고 앉았더니, 제 일일에 이

54

르러는 바람과 눈이 거두며 일기 명랑하거늘, 선생이 몸을 고쳐 누우며 왈,

「나의 잠이 미류하였으니 이 왼편 발을 쓸라.」

하고 도로 잠이 들거늘, 호은이 또 삼일을 絶穀(절곡)하였으되 조금도 기운이 상함이 없는지라. 정성을 다하여 발을 쓸더니, 제 칠일에 이르러는 선생이 비로소 잠이 깨어 일어나 앉으며 가로되,

「너는 괴롭지 아니하냐.」

호은이 공경 대왈,

「관계치 아니하여이다.」

선생이 소왈,

「그러나 여러 날 실시하였으니 이것을 먹으라.」

하고, 소매 안으로서 두 낱 과실을 내어 주거늘, 호은이 받아 먹으매 배부르고 정신이 씩씩한지라. 선생이 호은을 데리고 강당으로 돌아올새, 호은이 눈을 들어 살펴보니 蒼松翠竹下(창송취죽하)에 삼간 초옥이 구름 속에 玲瓏(영롱)한데 울울한 孟竹(맹죽)이 후원을 둘렀으며, 柴門(시문)에 다다르니 제자 백여 명이 나와 선생을 맞아 들어가니, 분벽이 조요하고 사창이 영롱한데 珊瑚案(산호안)과 玉犀燈(옥서등)에 聖經賢傳(성경현전)을 쌓았으며 河圖洛書*(하도낙서)와 九宮八卦(구궁팔괘)를 벌여 두고 벽상에 일척단금을 걸었으니, 호은이 평생 보던 바 처음이라. 몸이 요지에 임한 듯이 世染(세염)이 灑然(쇄연)하더라. 문득 관익이 들어와 선생께 배알하고 호은의 손을 잡고 반겨 왈,

「그대 원로에 발섭하니 기운이 어떠하뇨.」

호은이 흠신 대왈,

「소생이 전일 나이 어리기로 존사의 말씀을 不敬(불경)함이

---

*하도낙서 : 하도와 낙서, 주역(周易)의 기본 이치가 됨.

많사오니 罪死無惜이오나, 그때 뵈온 지 이미 삼년이라. 의외에 반기니 死無餘恨이로소이다.」

여차 담화하더니 이윽고 석반을 들이거늘, 호은이 먹기를 파하고 밤을 지내니라. 날이 밝으매 선생이 호은을 불러 왈,

「너 이제 이곳에 왔으니 나의 제자 되어 세상 未來之事를 배워 인간에 나아가 공명을 얻은 후, 부모를 만나 부귀를 누려라.」

하고, 이 날부터 孔孟聖經과 六韜三略*이며 司空劍術과 奇門遁甲과 天文地理와 三出神兵之術이며, 龍虎를 부르는 奇變과 풍우 부리는 법이며 五音六律*을 가르칠새, 겨우 삼년에 無不通知하니 호은의 나이 십사 세라.

일일은 선생이 호은을 불러 왈,

「네 이곳에 온 지 삼년이라. 세상에 나아가면 재주가 너에게 적수가 없을 것이니, 돌아가 너의 부모를 찾고 공명을 이루어 이름을 竹帛에 드리우라.」

호은이 청파에 눈물을 흘려 왈,

「소자가 부모를 이별하고 선생의 문하에 모셔 막대와 신을 받들어 산해 같은 은혜를 만분지일이나 갚고자 하옵나니, 이제 어찌 물러가라 하시나이까.」

선생이 소왈,

「범간 일이 다 정수 있나니, 어찌 산간 늙은이를 留連하여 부모를 찾지 아니하며 시절을 잃으리오. 또한 천상 육선녀가 너를 위하여 인간에 내려왔으니, 광대한 천지에 힘써 찾으라.」

---

*육도삼략 : 태공망(太公望)의 찬(撰)이라 하는 육도와 황석공(黃石公)의 찬이라 하는 삼략. 중국 병법의 고전.
*오음육률 : 옛날 중국 음악의 다섯 가지 소리와 여섯 가지 율(律).

호은이 대왈,

「넓은 천하에 어디 가 찾으리이까.」

선생이 소왈,

「네가 쾌히 알고자 할진대 시험하여 이르리라. 협서 張鳳裕(장봉유)의 여자 仙玉(선옥)은 초취 부인이니, 빈곤할 때에 취할 것이요, 경성 승상 李基日(이기일)의 여자 精玉(정옥)은 이취 부인으로 부귀할 때에 취할 것이요. 貞静公主(정정공주)는 삼취 부인이니 다시 취하고 蘇州防禦使(소주방어사) 趙正熙(조정희)의 여자 潤玉(윤옥)은 사취 부인이요, 임공의 美愛(미애)는 초취 소실이니 네 몸을 그곳에 의탁하여 공명을 이룰 것이요. 근린에 사는 桂花(계화)는 재취 소실이니, 네 이번 가는 길에 선옥을 보고 가라.」

호은이 청파에 눈물을 뿌려 선생을 하직하고, 관익을 작별하며 모든 사령을 차례로 이별한 후, 금화산을 떠나 협서를 바라보고 행하니라.

각설, 임생이 금화산을 떠나 바로 협서로 향할새, 십여 일 만에 협서에 이르니 날이 저물거늘, 인가를 찾아 한 곳에 이르니, 장원이 십리를 둘렀는데 한 누각이 의연하고 朱欄華閣(주란화각)이 광채 영롱하여 의연한 宰相家(재상가)이어늘, 임생이 문전에 이르러 시비를 부르니 응답이 없는지라. 이상히 여겨 중문에 들어가 부르되 대답이 없으니 황연히 빈집이라. 생이 크게 의심하여 점점 마당에 들어가니, 촉영이 비치는 곳에 애애히 우는 소리가 들리며 일위 여자가 탄식 왈,

「선옥이 전생에 무슨 죄로 목전에 부모의 참사하심을 보고 이렇듯 살아 있어 무궁한 슬픔을 보는고. 희라, 금야에 또 귀신에게 보채여 어찌 살리오.」

하며 슬피 통곡하거늘, 생이 不勝驚惑하여 내심에 헤아
리되,

　「이 여자의 이름이 선옥이라 하니, 이 여자가 장 봉유
　의 여자인가. 그러나 이 집에 鬼變이 있다 하니 그 곡
　절을 알리라.」
하고, 이에 나아가 불러 왈,

　「소생은 길 가는 행인이니, 날이 저물기로 귀부를 찾아
　이르렀으니, 원컨대 한 칸 객실을 빌리시면 일야를 쉬
　어 가겠나이다.」

　그 여자가 천만 의외에 사람의 소리를 듣고 不勝驚喜
하나 몸이 여자인고로 고요한 밤을 당하여 외간 남자
를 머물게 함도 난처하고, 또 집이 흉가라 공연히 사람
이 머물렀다가 귀신의 해를 입은즉 또한 불의라. 이에 사
창을 반개하고 말을 통하여 왈,

　「존객은 뉘신지 모르거니와 이런 흉가에 찾아오시뇨.
　이 집은 귀신이 作亂하여 인명을 상해하오니, 이러므로
　청유치 못하나이다.」

　생이 눈을 들어 여자를 살펴보니 雪膚花容이 세속에 뛰
어난지라. 생이 일견에 不勝哀憐하여 나직이 가로되,

　「소생은 소주 사람이라, 우연히 귀부에 이르러 소저의
　애원을 들으매 객심이 感愴한지라. 그러나 귀신의 작
　란으로 인하여 생을 가라 하시나 한 객실을 빌리시면
　생이 머물러 악귀를 제어코자 하나이다.」

　소저가 청파에 어떤 객이 숙처를 요구하는가 하여 눈
을 들어 임생을 보니, 골격이 장대하고 曉星 쌍안에 秋水
정신이 어리어 俗態凡骨이 아니어늘, 내심에 헤아리되,

　「차인의 풍채 여차히 준매하매, 반드시 범인이 아니로

다.」

하고, 이에 중당을 쇄소하고 오름을 청하거늘, 생이 당에 올라 좌정하매 소저가 즉시 저녁을 차려오니, 생이 칭사하고 먹기를 다하매 물어 왈,

「이 집은 뉘 집이며 밤마다 귀신이 작란한다 하니 모양이 어떠하더이까.」

소저가 아미를 숙이고 나직이 대왈,

「이 집은 전임 한림학사 장모의 집이고, 첩은 장 한림의 무남독녀라. 가중에 여차여차한 귀변이 있어 부모를 일시에 이별하니 그 귀신의 장군이라 하는 귀신이 칭왈, 도고인왕이라 하고 머리에 通天冠을 쓰고 몸에 衮龍袍를 입고 손에 궁시와 창검을 쥐고 四輪車를 탔으며, 수레를 밀어 호위하는 귀신의 모양은 六頭三尾와 牛頭人身이며 馬頭人身과 羊頭人身이라. 각각 병기를 들고 들어오며 뒤에는 무수한 귀졸들이 기치를 잡으며 취타하고 들어와 소리를 지른즉 牛肢虎身이라. 나아와 영접하여 들어와 인명을 살해하나이다.」

생이 청파에 陰字 수어를 염하니, 문득 일위 백발 노인이 나와 복지 왈,

「斗牛星이 어찌 이곳에 강림하시니이까.」

생이 여성 왈,

「네 일방 土地神으로 일개 妖鬼를 제어치 못하고 장 한림 양위와 수다 가권을 상해오게 하느뇨. 내 너를 잡아 酆都獄에 보내어 죄를 정하려니와 아직 이에 있어 요귀 들어오거든 각각 보하라.」

토지신이 叩頭聽令하고 청죄 왈,

「소신은 홀로 있으매 저희 위력을 당하지 못하여 여차

하오니 무슨 말을 하리이까. 연이나 장 한림의 수한이
진한 연고라. 소신의 불찰이 아니로소이다.」
임생이 다시 분부 왈,
「네 죄를 생각하면 풍도옥에 가두어 억년이라도 나오
지 못하게 할 것이로되 십분 용서하나니, 금야는 갖초
보하라.」
하고 내어보내니 날이 이미 황혼이라. 귀졸 등이 여전히
들어오거늘, 토지신이 외쳐 왈,
「여 등은 물러가라. 천상 두우성이 이곳에 강림하시니
라.」
하니, 귀졸 등이 의혹하여 돌아가 귀왕께 고왈,
「금일은 두우성이 강림하시다 하더이다.」
귀왕이 대로 왈,
「내 천상에서 두우성 벼슬을 하였거늘 어찌 두우성이
오.」
하고 급히 몰아 들어가니, 임생이 귀졸의 무리가 들어옴
을 보고 소리를 크게 하여 가로되,
「천상 역사는 어디 갔느뇨.」
하니, 공중으로서 鐵甲神將(철갑신장)이 내려와 作窮(작궁) 왈,
「무슨 일이 있어 명초하시니이까.」
생이 호령하여,
「귀졸 등을 결박하여 들이라.」
하니, 역사 청령하고 철삭으로 귀왕과 귀졸 등을 결박하
여 계하에 꿇린데, 생이 正聲大罵(정성대매) 왈,
「너희 요귀 등은 근본을 자세히 고하라.」
귀왕이 황급하여 머리를 조아리며 왈,
「소귀 등은 이 뒤의 회화목에 접하여 있는 귀신이옵더

60

니, 수월 전에 장 한림이 소귀 등의 소혈을 불지르고
그 나무를 베어 집을 지으니 어찌 분하지 아니하리이
까. 이러므로 이 집을 小鬼 등의 소혈을 삼고자 하여
밤을 타 들어온즉 귀신이라 하여 허겁하여 죽삽기로
소귀 등이 어찌 인명을 상해오리까.」

임생이 더욱 노하여 다시 문왈,

「여 등이 무슨 精靈이뇨. 은휘치 말고 고하라.」

하니, 귀졸 등이 바로 아뢰지 아니하거늘, 역사가 구절강
편을 들어 귀신을 치며 바로 아뢰라 하니, 귀신 등이 아
픔을 견디지 못하여 각각 본형을 드러내니, 鬼王이라 하
는 것은 천년 묵은 지네의 정령이요, 기여는 양괴와 여
우와 수달 등의 정령이어늘, 임생이 황건 역사를 호령하
여 왈,

「여 등은 요귀를 押領하여 地府王께 바치고 억만년이
라도 풍도옥에 가두어 출세치 못하게 하라.」

하니, 역사가 청령하고 요귀 등을 압령하여 지부로 가거
늘, 생이 또 土地神을 불러 왈,

「너도 함께 論罪할 것이나 차후 거행을 보고자 하여
용서하나니, 너는 이곳에 있어 소저를 보호하여 잡귀
를 제어하라.」

토지신이 백배 사례하고 물러가거늘, 소저가 이 거동을
보고 생각하되,

「이 사람은 천하 영웅 군자요. 하물며 부모의 원수를
갚았으니, 그 은혜 태산이 경한지라. 어찌 소소한 嫌
疑를 돌아보리오. 쾌히 當面하여 대은을 사례하리라.」

하고, 몸을 일으켜 생의 앞에 나아가 사례 왈,

「천만 의외에 존객이 누지에 왕림하사 첩의 죽을 목숨

을 구제하시고 부모 원수를 갚아 첩의 九泉遺恨을 풀
어 주시니, 그 은혜 粉骨碎身하여도 능히 갚지 못하올
지라. 첩이 어찌 은인을 대하여 혐의를 돌아보리오.」

언파에 안수가 방방하니 그 거동이 애원한지라. 생이
위로 왈,

「소저는 안심하소서. 생이 비록 용우하나 소저의 悲怨
한 정사를 거의 살피나니, 생이 힘써 영존의 시신을 거
두어 선산에 안장하리니, 염려치 마소서.」

이러구러 날이 새니, 소저가 일어나 조반을 갖추어 드
리니, 생이 먹기를 마치고 인하여 한림의 殯所를 물은데,
소저가 생을 인도하여 후원 별당에 이르니, 지추가 촉비
하는 중 시충이 기어 나오거늘 생이 차경을 보매 惻隱之
心이 동하는지라.

인하여 방문을 열고 들어가니, 한림부부는 중당에 모
시고 수다 비복은 사처에 흩어졌으니, 그 수를 알지 못
할지라. 생이 襲布를 취하여 한림 부부를 먼저 殯斂하여
상상에 모시고, 기여 비복 등을 낱낱이 거둔 후 소저더
러 왈,

「생이 시장에 나아가 棺槨을 갖추어 올 것이니, 소저
는 약간의 재보를 내소서.」

소저가 은자 오십 냥을 내어 주거늘, 생이 받아 가지
고 시장에 나아가 관재를 갖추고 역군을 사서 데리고 돌
아와 한림 부부를 입관하고, 먼저 비복을 거두어 묻은 후
택일하여 한림 부부를 선산에 안장하니, 소저의 애통함을
어찌 다 기록하리오. 생이 위로 왈,

「소저는 과도히 슬퍼 마소서. 부모의 향화를 받듦이 소
저의 일신에 있나니, 여차 애통하여 몸을 상할진대 불

효 위에 불효를 더하리라, 千金之身을 보중하여 부모의 망령을 위로하소서. 이제 부모의 장례를 지내었으니, 소저는 다른 동생이 없고 외로운 일신이 百年前程을 어찌하고자 하시니이까.」

소저가 타루 대왈,

「부모의 뒤를 따르고자 생각한즉 군자의 은혜 태산이 가벼운지라. 첩의 일신으로써 군자의 巾櫛을 받들어 은덕을 만분지일이나 갚고자 하나이다.」

생이 대희 왈,

「소생은 소주 임 호은이라. 팔자가 기박하여 송 이주의 난에 부모를 생리하고 이제 부모를 찾으러 정처없이 다니더니, 소저의 香名이 仙玉이라 하니 이는 생으로 더불어 天定因緣이라. 금일 이렇듯 만남은 하늘이 지시하심이라, 어찌 사람의 힘이리오.」

소저가 청파에 참괴함을 이기지 못하나 평생 대사를 말함에 어찌 잠시 부끄러움을 돌아보리오. 눈을 들어 다시 임생을 보니, 진실로 稀世한 군자 호걸이라. 이에 옷깃을 여미고 왈,

「첩이 비록 殘微하나 군자의 말씀을 아옵나니, 그러나 사람의 자식이 부모의 養育之恩과 夫婦之道를 살핌에 있을지라. 첩의 가긍한 정사를 살피사 부모의 삼년 종사를 마친 후 육례를 이루고자 하나니, 원컨대 군자는 서운타 마시고 부모를 찾으신 후 돌아오사 첩의 殘喘을 찾으소서.」

생이 위로 왈,

「생도 또한 부모를 찾은 후 다시 돌아와 소저를 찾으리니, 여차즉 거의 삼년이 될지라. 소저는 천금지구를

보중하사 생이 찾아오기를 기다리소서.」

소저가 추연 대왈,

「박명 인생이 崎嶇(기구)하여 이별을 당하오니, 어찌 첩의 슬픔을 형언하리오. 군자는 존당을 수이 찾아 돌아와 첩의 외로움을 위로하소서. 넓은 집에 홀로 있음이 적적하오니, 두어 낱 비자를 얻어 주소서.」

하고 은자 일백 냥을 내어 주거늘, 생이 즉시 심방하여 주홍·소랑·금단·사개·비자를 사서 돌아와 소저를 사후하게 하고, 인하여 한림 영위에 분향 하직하고 비복을 분부 왈,

「여 등은 주장이 없다 하고 소저 모심을 태만히 하지 말라.」

하고 소저를 이별할새, 생이 입었던 옷 한 벌을 내어 장 소저를 주어 왈,

「이것이 비록 不關(불관)하나 생의 모친의 手品(수품)이오니, 생을 본 듯이 두소서.」

장 소저가 거두어 깊이 두고 은자 일백 냥을 봉하여 드리거늘, 생이 받아 행장에 넣은 후 장 소저를 이별하고 길에 오르니, 그 떠나는 정이 피차 연연하더라.

각설, 임생이 장 소저를 이별하고 경성으로 향할새, 여러 날 만에 오림 지경에 이르니 날이 저물매, 객점을 찾아 밤을 지내고 이튿날 길에 오르며 생각하되,

「永恩寺(영은사)라 하는 절이 경개가 절승하다 하니, 한번 구경하고 가리라.」

하고 바로 영은사를 찾아 이르니, 사중 제승이 모두 나와 합장 배례하고 맞아 반기는 빛이 구면 같은지라. 생이

그 僧俗의 純厚함을 탄복하고 인하여 대웅전에 들어가니 황금 보좌에 삼불의 영기 은은하여 생을 보고 반기는 듯 하더라.

생이 불전에 분향 재배하고 두루 살펴보니, 탁자 위에 發願文이 놓였으되,「경성 승상 李基日의 여자 貞玉의 연기 십사세요, 경오생 단시 보채라」하였거늘, 생이 글을 보고 대경 왈,

「이 축문을 보니 이 기일의 여자 정옥이라 하였으니, 이 아니 선생이 이르시던 바인가.」

여차 의혹하여 객당에 돌아와 행리를 안돈하고 제승으로 더불어 말씀하더니, 이윽고 석반을 들이거늘, 생이 먹기를 마치고 밤을 지낸 후, 이튿날 두루 관광하니 절이 頹落한 곳이 많거늘, 돌아와 장소저가 준 바 은자를 내어 사중을 주며 절을 중수하라 하고 머물더니, 이때는 暮春望間이라. 사중 제승이 법당을 쇄소하며 임생을 돌아보아 왈,

「상공은 금일부터 하처를 후원 협방으로 옮기소서. 명일이 망일이매, 경성 이 승상 댁 女行이 불공차로 오시나이다.」

생이 문왈,

「이 승상 댁 여행이 무슨 일을 위하여 불공하느뇨.」

제승이 대왈,

「승상이 무자하기로 이 절 주인이 되사 연년 춘추로 사중에 와 불공하옵더니, 경오년 구월에 일녀를 탄생하시니, 용모 재덕이 姙姒에 비하는고로 승상 양위가 지극히 사랑하사 매월 삭망이면 부인이 소저를 데리고 올라와 불공을 드리는고로 객당에 잡인이 머물지 못

하나이다.」

하고, 생을 인도하여 후원 협실에 하처를 정하여 주거늘, 생이 내심에 생각하되,

「이 여자의 이름이 정옥이라 하니 나로 더불어 天定佳耦(천정가우)라. 연이나 저는 傾國(경국) 귀소저요, 나는 流離漂泊(유리표박)하는 외간 남자라, 어찌 인연을 도모하리오. 그러나 저희 얼굴이나 구경하리라.」

하고, 이 소저 오기를 기다리더니, 이윽고 사문이 요란하며 두 낱 교자가 들어오니 위의 찬란하더라.

이날 승상부인이 여아로 더불어 목욕재계하고 불공 발원할새, 이날 밤에 소저 일몽을 얻으니, 문득 일위 金佛(금불)이 들어와 소저더러 왈,

「그대 연년 춘추로 지극한 향화를 받았으니 길이 복록을 누리라.」

하고 일위 소년을 불러 왈,

「이는 그대의 백년가인이라. 두우성은 금일 인연을 맺으라.」

하거늘, 소저 부끄럼을 이기지 못하여 몸을 일으켜 밖으로 피할새, 머리에 꽂힌 金鳳釵(금봉채)가 문에 걸려 내려지니 그 소년이 급히 거두어 가지거늘, 소저가 창황하더니 새벽 종경소리에 놀라 깨달으니 南柯一夢(남가일몽)이라. 비록 몽중사나 부끄러움을 이기지 못하여 桃花(도화) 양협에 홍광이 오르고 팔자 춘산에 愁雲(수운)이 가득하더라.

소저가 심하에 불안하여 모친께 몽사를 고하고 돌아오고자 하나 임의치 못하여 머물되 심사가 불편함을 이기지 못하더라.

차시에 생이 별당에 있어 생각하되,

「대장부 행신함에 光明正大하려니와, 이는 천정이라 하
니 한번 엿봄이 무슨 혐의 있으리오.」

하고, 몸을 일으켜 법당 뒤에 이르러 은신하였더니, 이
윽고 향취 촉비하는 곳에 패옥소리 쟁쟁하며, 일위 소저
가 紅裙 翠衫으로 들어오거늘, 생이 가만히 엿보니 秋天
明月이 벽공에 걸렸는 듯, 부용화가 조양에 피었는 듯
沈魚落雁之容과 閉月羞花之態가 요요정정하며 莊姜의 색
과 二妃의 덕을 겸하였고, 온순한 기질로 허리를 굽혀 재
배하니, 요조한 덕색이 일구로 형언치 못할러라.

생이 견필에 심혼이 산란하여 내심에 탄복 왈,

「장 소저의 아름다움이 세상에 무쌍이라 하였더니, 이
사람을 본즉 일층 더함이 있으니, 세상에 미색이 흔하
도다.」

하며 암암히 칭찬함을 마지 아니하더라.

차시 이 소저 축원하기를 마치고 몸을 일으켜 돌아오
고자 할새, 걸음을 빨리하여 문을 여니 한 소년 남자가
규규히 엿보거늘, 소저가 경황하여 홍상을 들어 낯을 가
리우고 급히 피하더니, 머리에 꽂은 금봉채가 문고리에
걸려 내려지니 그 소년이 급히 거두어 가거늘, 소저가
심리에 부끄러워 일변 애닯아하나 전일 몽사를 생각하
고 부끄러움과 분함을 참고 모친을 모셔 본부에 돌아와
출입의 경솔함을 한탄하여 이 말을 구외에 내지 아니하
니, 그 진중한 덕행을 가히 알러라.

이 날 임생이 이 소저의 봉채를 얻으매 맹상호군이 白
駒나 얻은 듯이 심리에 회열하여 돌아와 홀로 촉을 대하
여 소저의 봉채를 어루만지며, 그 옥용을 못내 애경하여
사모하는 마음을 이기지 못할지라. 이에 탄식 왈,

「남아가 세상에 나매 출장입상하여 玉堂·金馬之客이
되어 절대가인을 안전에 두고 맑은 歌聲을 이번에 들
음이 당당한 일이어늘, 나의 명도가 기구하여 쌍친을
실산하고 유리 개걸하니 어찌 슬프지 아니리오. 그러나
천정배필을 목전에 두고 뜻을 이루지 못하니 어찌 차홉
지 아니리오.」

하며, 이 소저를 사모하여 침식이 불안하매 자연 숨은 병
이 되니, 四顧無親 처에 구제할 사람 없고 직승 법률이
약으로 구병하나 점점 위중하여 백약이 무효하니, 사중
제승은 뜻을 알지 못하여 크게 염려하여 다만 불쌍타 할
뿐이라. 원래 법률은 식견이 고명한 중이라. 임생의 병
증을 보고 조용히 문왈,

「상공의 병이 심상치 아니하니, 소승이 비록 지식이 없
사오나 상공의 병을 보니 상사라는 병인가 하니, 상공
은 진정을 은휘치 말으시고 심사를 이르시면 소승이 족
히 주선하여 성사케 하리이다.」

임생이 청파에 금리를 밀치고 기운을 강잉하여 가로되,

「존사가 나의 심사를 아시고 이같이 물으시니 내 어
찌 소회를 은휘하리오. 장부가 되어 남의 규녀를 엿보
고 심병을 얻음이 군자의 행세가 아니나 이 승상의 이
름이 기일이라 하니, 이 기일의 여자는 나로 더불어 천
연이 있다 하매 혐의를 돌아보지 아니하고 우연히 엿
보았더니, 思念이 간절하여 자연 병이 되어 이제 죽기
를 당하니 어찌 유한이 없으리오. 저를 다시 보지 못
하고 죽으면 구천에 돌아가나 눈을 감지 못하리로다.」

법률이 청파에 대소 왈,

「상공은 인인군자라. 어찌 고서를 보지 못하시니까. 군

자는 非禮無視하며 비례를 물청하며, 남녀 칠세어든 不同席이라 하니, 어찌 재상가의 규수를 엿보고 마음을 길러서 병을 이루시뇨. 이런 의사를 마시고 기운을 완전히 하소서. 소승이 비록 용잔하나 일계 있사오니, 상공으로 하여금 이 소저를 보게 하오리니, 다만 병을 보호하여 수이 차복케 하소서.」

임생이 법률의 말을 들으니 심사가 적이 시원한지라. 이에 칭사 왈,

「금일 비로소 존사의 말을 들으니 흉금이 쇄락하온지라. 원컨대 존사는 높으신 소견으로 나의 심려를 풀어 선세에 불효를 면케 하소서.」

법률 왈,

「이제 달리 계교가 없사오니, 상공의 용모가 단아하여 아녀자 같은지라. 이러므로 여복을 환착하시고 소승이 그곳에 나아가 이승상을 여차여차 속여 계교할 것이니, 상공은 이름을 彩鳳이라 하여 여차여차하시면 이 소저를 의심 없이 보리이다.」

생이 청파에 대희 왈,

「차언이 실로 유리하다.」

하고, 이날부터 음식을 내와 조보하니 오래지 아니하여 병이 물러가고 신상이 여상하거늘, 법률이 인하여 시장에 나아가 한 벌 여복과 수식 등물을 사서 돌아와 임생의 용모를 다스리고 여복을 개착하니, 아름다운 태도와 표일한 기질이 짐짓 절대가인이라. 법률이 소왈,

「一代英雄이 변하여 絶代佳人이 되었으니, 누가 능히 眞假를 알리오.」

하고 인하여 임생을 데리고 성중으로 들어가니라.

차설, 법률이 임생을 데리고 이 승상 부중에 이르러 승상께 뵈온데, 승상이 반겨 왈,

「너는 그 사이 좋이 있으며, 사중에 별고나 없느냐.」

하고, 시비를 명하여 다과를 내와 대접하니, 법률이 먹기를 마친 후, 승상이 문왈,

「네가 무슨 일을 위하여 왔느냐.」

법률이 거짓 낯빛을 고치고 슬픔을 지어 왈,

「다름아니오라 소승의 可窮(가궁)하온 말씀을 노야께 고하고자 왔사오니, 복원 노야는 소승의 사정을 下念(하념)하시리이까.」

승상이 흔연 왈,

「너는 소회를 이르라.」

법률이 눈물을 흘려 왈,

「소승의 외척이 있삽더니 가운이 불행하여 역을 지내고 일가 함몰한 후 일개 비자 채봉이 남았사오나 감장할 형세 없사와 이제 채봉을 팔아 감장코자 하오되 달리 문의할 곳이 없사오매, 다만 노야의 사랑하심을 믿고 당돌히 고하옴은 채봉을 노야께 드리고 약간 은자를 얻어 외척의 시주를 거두어 永葬(영장)코자 하나이다. 채봉이 비록 하류 천인이오나 용모가 端雅(단아)하고 언사가 敏捷(민첩)하와 충심이 지극하온고로 저희 주인이 살았을 때 지극히 사랑하여 약간 글자를 가르치니, 제 본디 총명하여 詩賦歌詞(시부가사)에 모르는 것이 없사오니, 이러므로 타처에 보낼 뜻이 없사와 노야께 드리고자 하나이다.」

승상이 청파에 대희 왈,

「채봉이 어디 있느냐.」

법률이 대왈,

「저곳에 있사오니 소승이 데려오리이다.」

하고, 문에 나와 채봉을 데리고 들어가 승상께 뵈온데,
승상이 눈을 들어 살펴보니 용모가 아름답고 태도가 絶
妙하여 짐짓 當世佳人이라. 승상이 一見에 사랑하여 청
말에 좌를 주어 앉게 하고 문왈,

「네 나이 몇이나 되며, 너의 주인이 참사함은 가히 슬
프도다.」

채봉이 조용히 대왈,

「소비의 천한 나이는 십사세이옵고, 하문하시는 바 주
인의 불행함은 어찌 다 아뢰리까. 주인이 생시에 소비
를 기출같이 사랑하신 은혜 如山若海하온고로 목숨을
버려 주인을 따르고자 하나 주인이 일찍 자식이 없사
오니 시신을 거둘 자가 없사온지라. 소비 곧 죽사오면
더욱 孤魂이 한심한고로 소비 몸을 팔아 주인의 시신
을 거두어 永窆하옵고 그날 죽사오나 여한이 없사올
지라. 법률은 주인의 외척인고로 이런 사정을 문지하
온즉, 노야께 고하옵고 처치하리라 하와 이에 이르렀
사오니, 소비 비록 불민하오나 좌우에 모셔 梳洗를 받
듦이 至願이로소이다.」

승상이 저희 충성을 아름다이 여겨 칭찬하며, 삼백 은
자를 내어 법률을 주며 왈,

「이것이 약소하나 외척의 시신을 거두어 安葬하라.」

법률이 사례하고 은자를 받은 후 채봉을 당부 왈,

「너는 경심 계지하여 존전에 태만치 말라.」

하고 인하여 승상께 하직한 후 채봉을 이별하고 가니라.

채봉이 이날부터 승상을 시봉하니, 승상이 저희 민첩
함을 사랑하여 좌우에 두고 일시도 떠나지 못하게 하니,

채봉이 당초에 차사를 행함은 소저를 보고자 함이러니, 이에 이른 지 사오일이로되 내당을 보지 못하는지라, 심내에 초조하나 감히 사색을 뵈이지 못하더라.

이러구러 채봉의 절묘한 소문이 내당에 미치니, 부인이 이 말을 듣고 의심하여 행여 승상이 채봉을 가까이 하는가 하여 잠깐 투기를 발하며 승상께 전하여 채봉을 부르고자 하더니, 소저가 들어와 문안하고 묻자와 가로되,

「소녀가 듣자오니 야야가 채봉을 얻어 사환케 하신다 하오니 태태는 보셨나니까. 저희 인물이 아름다울진대 소녀의 침소에 두어 사환케 함을 바라나이다.」

부인이 여아의 말을 듣고 마땅히 여겨 즉시 시녀로 하여금 승상께 고왈,

「듣자오니 승상의 신임 비자 채봉이 아름답다 하오니 한번 보고자 하나이다.」

승상이 미소하고 채봉을 명하여 왈,

「부인이 너를 보고자 불러 계시니 들어가 현알하고, 인하여 소저를 모셔 사환하되 게으르지 말라.」

채봉이 고두수명하고 내심에 대희하여 내당에 들어가 부인께 현알하니, 부인이 명하여 청상에 올리고 살펴보니 용모 빼어나고 擧止 단정하여 진실로 절대가인이어늘, 가까이 나아오라 하여 문왈,

「네 나이 몇이나 되며, 사는 곳은 어디뇨.」

채봉이 공수 대왈,

「소비의 천한 나이는 십사세요, 사는 곳은 武昌縣이로소이다.」

부인 왈,

「금일로조차 소저를 모셔 사환케 하나니, 너는 조심하
여 태만치 말라.」

하고 시비를 명하여 소저를 부르니, 이윽고 향풍이 일어
나며 錦繡帳(금수장)이 걷히는 곳에 패옥이 쟁영하며 일위 소저
가 칠보 경장으로 나직이 나아와 부인을 시좌하니, 부인
이 채봉을 명하여 왈,

「소저께 현알하라.」

하거늘 채봉이 즉시 계하에 내려 공손히 재배한데, 소저
눈을 들어 보니 玉顔花態(옥안화태) 절묘하고 기질이 단아하여 짐짓
국색이라. 명하여 오르라 하고 옥성을 나직이 하여 문왈,
「너의 나이 몇이며, 鄕貫(향관)이 어드뇨.」

채봉이 고쳐 절하고 여쭈오되,

「천한 나이는 십사세이옵고, 근본 무창현에 살았나이
다.」

소저 왈,

「너의 인물이 이렇듯 아름답고 절묘하니, 너를 버리고
돌아가는 주인의 신체 오히려 썩지 아니하리로다.」

채봉이 대왈,

「금일 소저가 소비의 비루일을 이렇듯 위문하사 감은
함을 이기지 못하리로소이다.」

언파에 눈을 들어 소저를 보니 雪膚花容(설부화용)과 玉鬢花顔(옥빈화안)이
요요하여 전일 영은사에서 보던 얼굴이 완연한지라. 내
심에 반갑고 흠모함을 이기지 못하나 조금도 사색치 아
니하고 공경·단좌하였더니, 이윽고 소저가 몸을 일으켜
침소로 돌아올새, 채봉이 소저를 모셔 소저 침실에 이르
러 방안을 살펴보니, 朱欄華甍(주란화맹)이 縹妙華麗(표묘화려)하고 粉壁紗窓(분벽사창)
이 의의한데, 珊瑚書案(산호서안) 위에 禮記(예기)·春秋(춘추)와 詩書百家語(시서백가어)를

가득히 쌓았으며 화색채금이 찬란한데, 철농에 앵무를 넣어두고 白玉花盆(백옥화분)에 삼색도화·반초를 심었으며, 후원 연못가에 한 누각을 지었으니, 이는 소저가 월야를 당하면 완월하는 곳일러라.

채봉이 보기를 다하매 몸이 요지에 임한 듯 정신이 산란하더라.

이날부터 소저께 사환할새, 영민한 수단으로 소저의 뜻을 如合符節(여합부절)하니, 소저가 사랑하여 잠시도 곁을 떠나지 못하게 하더라.

소저 채봉으로 더불어 고서를 문답할새, 채봉이 無不通之(무불통지)하는지라. 소저가 다시 문왈,

「네 글을 지을소냐.」

채봉이 대왈,

「글제를 부르시면 지어 보리이다.」

이에 소저가 글제를 내니, 채봉이 별양 생각함이 없이 四韻(사운) 삼십여 수를 지어드린데, 소저 받아 보니 詩法(시법)이 絶妙(절묘)하고 筆體(필체)가 淸高(청고)하여 보던 바 처음이라. 소저 옥수를 들어 서안을 치며 옥성을 돋우어 낭랑히 읊으니, 그 소리 옥을 빻는 듯 산호를 깨뜨리는 듯 사람의 정신을 산란케 하는지라. 채봉의 마음이 호탕하여 소저께 고왈,

「소저가 소비의 鈍微(둔미)한 글을 보시고 이렇듯 위자하사 시흥을 돋우시니, 소비의 마음에 기뻐함을 알지 못하되, 더욱 황공하여 處身無地(처신무지)하여이다.」

소저 왈,

「내 비록 심규에 생장하였으나 일찍 시부를 본 것이 많되 이러한 글은 처음 보니, 어찌 아름답지 아니하리오. 이제 너의 시재를 보니 진실로 女中文章(여중문장)이 되리

로다. 너의 시재는 보았으나 필법은 보지 못하였으니,
내 이 글을 화답할 것이니 너는 붓을 잡아 나의 글을
받아 쓰라.」

하고 필연을 내어 주니, 채봉이 이에 붓을 잡아 소저의
부르는 글을 받아 쓸새, 소저 이미 七步詩 이십여 수를
부르는지라. 채봉이 쓰기를 마치고 또한 음성을 가다듬
어 낭랑히 음영하니, 流朗淸灑하여 行雲을 머무는 듯 사
람의 정신을 스스로 상하게 하는지라. 채봉이 강성을 그
치고 글장을 받들어 소저께 드리니, 소저 또한 그 필법
을 살피매 더욱 신묘하여 靑連의 시재와 王右軍의 필법
이라도 이에 더하지 못할지라. 소저 喜動顔色하여 執手
稱之曰,

　「너의 시재와 필법이 이렇듯 신묘하니, 네 비록 하류
　배나 그 재주는 고인을 압두하리로다. 차후는 우리 노
　주의 명분을 버리고 동기같이 하리라. 또 너의 춘광이
　나와 동년동월이니, 이는 하늘이 우리 이인을 내사 일
　동일정을 한가지로 하게 하심이니, 석일 정녕 저구의
　굳은 뜻을 효칙하여 皇英 二妃같이 한 사람을 섬길지
　니, 어찌 노주라 하리오.」

채봉이 소저의 이렇듯 留意함을 보고 내심에 思服함이
더욱 간절하나 어찌 감히 내색하리오. 이에 소저께 고왈,

　「소비 소저의 말을 돌자오니, 노주간 분의를 버리시고
　동기같이 사랑하시며 이비를 효칙하여 일인을 섬기라 하
　시니, 그 말씀이 황공하온지라. 소비 비록 하류・천인
　이오나 소저는 소비의 팔에 盟好*를 기록하소서.」

하고, 소매를 걷고 팔을 내어 소저께 드리니, 소저 냉소

─────────────
＊맹호 : 동맹(同盟). 맹약(盟約).

하고 옥수로 珊瑚筆을 들어 채봉의 玉臂에 평생 서로 저
버리지 않을 뜻을 분명히 기록하니, 채봉 왈,
　「소저의 굳은 뜻이 이러하시니, 소비 어찌 뜻을 변하
　리이까.」
하고 일수 시를 지어 그 아래 화답하니라.
　이후로 소저 채봉을 깊이 사랑하여 奴主·貴賤을 돌아
보지 아니하고 친동기같이 대접하더라.
　하루는 소저가 밤에 완월루에 올라 채봉을 데리고 월색
을 구경하더니, 소저 문득 채봉더러 일러 왈,
　「내 또한 음률을 잠깐 아나니, 너는 한번 시험하여 흥
　을 돋울소냐.」
　채봉이 즉시 五絃琴을 내와 슬상에 비껴 놓고 줄을 고
르고 한 곡을 희롱할새, 소저더러 왈,
　「소비 일찍 음률을 배웠으나 곡조를 차례로 알지 못하
　오니, 소저는 소비가 타는 곡조를 일일이 가르치소서.」
하고 옥수를 날려 일곡을 타니, 소저가 칭지 왈,
　「이는 大舜의 南薰曲이니 가히 아름답도다. 다른 곡조
　를 타라.」
　채봉이 또 일곡을 타니 소저 왈,
　「이는 幽王이 褒姒로 백옥교를 촉하던 망극한 망곡이
　니, 다른 곡은 없느냐.」
　채봉이 또 일곡을 타니 소저 왈,
　「이는 成王의 忘憂曲이니 지극한지라, 다른 곡조를 타
　라.」
　채봉이 또 일곡을 타니 소저 왈,
　「이는 北窓淸風에 陶淵明의 悅親戚之情話曲이라. 奇
　哉이며 美哉라. 너의 용모가 빼어남과 시재 첩민함이

진실로 세상에 따를 이 없으매 내 평일 흠복하는 바러니, 또 精通音律함이 여차하니 어찌 아름답지 아니리오. 묻나니 네 기특한 재주를 어떤 사람에게 배웠느뇨.」

채봉이 사례 왈,

「소비 일찌기 異人을 만나 배운 바가 있사오나 곡조를 의지할지언정 곡조 이름을 알지 못하옵더니, 금일 소저가 知音하심이 신기하사 선생의 가르치시던 말씀과 같사온지라 진실로 행복하옵거니와, 소비의 용렬한 재주로써 금일 소저의 과찬하심을 당하오니 不勝慚愧하여이다.」

소저가 칭찬함을 마지 아니하니, 채봉이 또 줄을 고르고 일곡을 주하니, 소저가 청파에 蛾眉를 숙이고 낯빛을 붉혀 가로되,

「이는 司馬相如 卓文君을 돋우던 鳳求凰曲이라. 음률에 부정한 곡조니라.」

하고, 수색을 머금고 뉘우침을 마지 아니하더라. 채봉이 짐짓 가로되,

「소저의 옥안에 홍광이 염념하심은 무슨 연고니이까.」

소저 빈미 탄왈,

「내 눈이 있으나 구슬이 없는고로 사람을 알지 못하고 부끄러움을 당하니 가탄이로다.」

언파에 침소로 돌아와 차후는 소저 채봉을 의심하여 물러가라 하더라.

일일은 채봉이 내심에 생각하되,

「소저가 이미 나의 事機를 짐작하니, 내 이제 진정을 토하여 저희 전일 맹언을 어찌하는고 보리라.」

이에 소저께 고왈,

「소비 간밤에 일몽을 얻었사오니, 몽사가 괴이한고로 은휘치 못하와 진정을 고하나이다. 몽중에 소비, 소저를 모시고 永恩寺라 하는 절에 불공하러 갔은즉, 어떤 소년이 규규히 엿보다가 소저의 봉채 내려짐을 보고 그 소년이 거두어 가니 소비 분노하여 따라가온즉, 소저 극히 만류하심을 인하여 돌아오더니, 그 절붙이가 이르되, 소저의 봉채 간 곳을 쾌히 알려 하거든 채봉더러 물으라 하오매 소비 발명코자 하다가 깨달으니, 비록 몽사나 심히 참괴함을 이기지 못하리로소이다.」

소저가 청파에 놀라고 의심하여 변색하여 왈,

「네 말이 괴이하니 물러가 부친을 모셔 사환하라.」

하고 일어나 협실로 피코자 하거늘, 이때 야심하여 사방이 고요한지라. 채봉이 그제야 봉채를 내어 앞에 놓으며 왈,

「소저는 차물을 아시나이까.」

소저 아미를 거스르고 왈,

「너는 何等之人이완데 여차 무례함이 심하뇨. 빨리 물러가라.」

임생이 미소하고 나아가 소저의 옥수를 잡으며 왈,

「소저는 노를 참으시고 생의 말씀을 들으소서. 생은 소주 임 호은이옵더니, 소저로 더불어 천정인연이 있는고로 이 거조를 행하였사오니, 생의 무례함을 허물치 마시고 천정을 어기지 마소서.」

소저가 대로하여 손을 뿌리치고 봉안을 부릅뜨고 낭랑한 소리로 꾸짖어 가로되,

「이 집이 비록 괴폐하나 대국 재상가요, 이곳은 규수의 처소라 외인이 출입치 못하거늘, 그대 어떤 남자완

데 성현의 명교를 저버리고 방자히 재상가 규수를 욕하느뇨. 내 한번 소리를 발하면 그대의 목숨이 경각에 있나니 빨리 돌아가라.」

생이 저희 여차함을 보고 생각하되,

「이때를 당하여 기약을 정하지 못하면 속절없이 그림의 떡이 되리로다.」

하고 다시 가로되,

「소생의 무례함을 소저는 허물치 마시고 다시 생각하소서. 이는 생의 무례함이 아니라 소저가 행보를 경히 하신 연고이니, 소저를 전일 영은사에서 보지 않았더면 소생이 어찌 소저의 옥면을 알리오.」

소저 익노 왈,

「無知한 匹夫가 事體를 알지 못하고 종시 무례하니 어찌 욕을 감심하리오.」

언파에 벽에 걸린 칼을 뽑아 자살하고자 하니, 생이 놀라 급히 칼을 빼앗고 가로되,

「어찌 여차하시느뇨. 소저가 생을 무지필부로 아시니 다시 할 말이 없거니와, 이때를 당하여 인연을 정하지 못하오면 이는 천의를 어김이라. 어찌 무례함을 혐의하여 대의를 불관히 여기리이까. 소저 玉節氷心을 돌려 楚公主의 굳은 절을 효칙하소서. 전일 소저가 소생의 비상에 盟表한 것이 지금 분명하여 소저의 이름이 오히려 소생의 비상을 떠나지 아니하였으니, 소저 어찌 알지 못하시고 전일 맹약을 잊으시니이까.」

소저 부끄러움과 분함을 이기지 못하여 가로되,

「내 인명을 아껴 돌아감을 이르되 종시 깨닫지 못하고 여차 무례하니, 이제 그대의 여러 가지 무례한 죄를 이

르나니 명백히 들으라. 그대는 심야에 월장하여 남의 규수를 엿보니 그 무례한 죄 하나요, 규수를 엿보고 사모하여 成病(성병)하니 그 무행한 죄 둘이요, 규수의 얼굴을 보려고 하여 성현의 교훈을 잊고 대장부가 되어 化爲女子(화위여자)하니 그 간악한 죄 셋이요, 또한 재상을 속이고 이름을 가탁하며 재상가 규수를 대하여 언어를 상통하니 그 무례한 죄 넷이요, 그 행적을 알고 타인이 알까 두려워 돌아가라 하되 종시 듣지 아니하고 재상가 위엄을 멸시하니, 그 방자한 죄 다섯이요, 남녀의 분의 현혁하거늘, 망령된 말을 발하여 천정을 가탁하고 규수를 핍박하여 장부의 행실을 버리니, 그 패악한 죄 여섯이라. 이러한 행실을 가졌으니 어찌 세상이 용납하리오. 이는 용렬한 필부라. 후세에 唾誹(타비)함을 면치 못하리니, 빨리 돌아가 행실을 고치라.」

언파에 노기 등등하여 北風寒雪(북풍한설) 같으니, 생이 含口黙黙(함구묵묵)하다가 양구 후 가로되,

「금일 소저의 차언을 들으니 생의 흉중이 열리는지라. 소생이 굳이 무례하고자 함이 아니라 생이 어렸을 때에 복자에게 팔자를 물은즉 복자 이르되, 십세 전에 부모를 이별하고 유리걸식하다가 이십에 장근하여 四妻二妾(사처이첩)을 두고 부모를 만나 萬鍾祿(만종록)을 누리리라 하매, 부모가 자세히 물은즉 밝은 구슬이 오얏나무에 걸린 곳을 찾아 기약을 정하면 이는 천정이라 하는고로 생이 두루 심방하나 광대한 천지에 어디 가 찾으리오. 전일 생이 영은사에서 축원문을 보니 이 기일의 여자 정옥이라 하였으매, 심사하니 영존의 명호와 소저의 이름이 證驗(증험)에 합당하매, 이로써 천정이 됨을 짐작하고 소

저 뵈옴을 계일하여 기다리더니, 전일 영은사 부처가 현몽하여 이르되, 정옥이 명일 올 것이니 친히 보고 천정을 기약하라 하오매 소저를 잠깐 엿보고 念念不忘[염념불망]하여 병을 얻어 사경에 이르렀더니, 직승 법률이 생의 청춘을 아껴 여차여차 이르매 無行[무행]함을 피하지 아니하고 이렇듯 외람한 일을 행하였사오니 수괴함을 어찌 형언하리이까. 바라건대 소저는 송죽 같은 절행을 돌려 大義[대의]를 생각하소서.」

소저가 듣기를 다하매 전일 몽사를 생각하고 복자의 이르던 말을 생각하매,

「이 사람의 이름이 임 호은이라 하니, 범이 수풀에 든 격이라 어찌 천정이 아니리오. 또한 제 나와 수월을 동처하여 언어를 수작하였으니, 이는 하늘이 유의하신 바이요, 또 저희 기상과 신체며 시체와 필법을 보니 범상한 사람이 아니라 타일 반드시 上將軍[상장군] 절월과 大元帥[대원수] 印信[인신]을 가져 禁闥[금달]에 출입할 사람이라. 어찌 일시 무례함을 혐의하리오.」

하고, 低頭無言[저두무언]이다가 반향 후 비로소 말을 온화히 하여 왈,

「금일 군자의 말씀을 듣자오니 어찌 감동치 아니리오. 첩이 돌려 생각건대 천의를 이미 가히 알지라. 그러나 군자가 공명정대한 일을 행하여 부모께 고하고, 매파를 보내어 육례를 행함이 당당한 장부의 행사이거늘, 불의를 행하여 庸婦·俗子[용부·속자]의 경박한 일로써 재상가의 규수를 엿보고 이렇듯 언어로 수작하니, 첩이 군자를 위하여 부끄러워하나이다. 첩이 비록 자약하나 이렇듯 핍박함을 감수치 아닐 것이로되, 작일 몽사와 복자의 말

을 생각하고 진정을 토하옵나니, 군자는 돌아가 매파
를 보내소서. 첩이 비록 불민하나 금일로조차 군자를
위하여 지킬지언정 실절 음부가 되지는 아니하리이다.」
생이 청파에 흔연히 흠복 공경 왈,
「금일 소저의 金玉之言을 들으니, 생의 심곡에 맺힌 한
이 일시에 소삭하는지라 어찌 즐겁지 아니하리오. 연이
나 소저가 생으로 하여금 매작을 보내라 하시니 황감
하거니와, 이제 소저의 正論을 당하여 생이 어찌 진정
을 은휘하리오. 생은 본래 遐方의 鄙陋之人이라. 어찌
승상의 허하심을 바라리이까.」

소저가 청파에 가로되,

「절부는 귀천을 혐의치 아니하나니 어찌 군자의 일시
빈곤함을 혐의하여 첩의 평생 大義를 그르쳐 후세의 비
웃음을 받으리오. 군자는 염려 말으시고 매파를 보내
시면 첩이 죽을지언정 타문을 밟지 아니하리이다. 잠
깐 들으니 국가에서 바야흐로 설과하여 인재를 뽑는다
하오니, 군자의 재주로 어찌 득의치 못하리오. 만일 군
자가 登龍하시면 첩의 부친이 당당히 壯元郎으로 佳期
를 정하려 하시리니 어찌 어길 바가 있으리오.」

생이 청파에 칭사 왈,

「소저가 이렇듯 백년을 기약하사 삼오 청춘에 소생을
위하여 수절함을 허락하시니, 생이 다시 할 말이 없거
니와 금일 소저를 이별하면 다시 만날 기약이 묘연하
고 인심은 不可測이오니, 원컨대 소저는 신물을 주시
면 후일 상봉에 證驗을 삼고자 하나이다.」

소저가 옳게 여겨 즉시 純金指環과 鳳釵를 내어 꺾어
일반을 봉하여 생에게 전하여 왈,

「차물은 첩이 수중에 일시도 놓음이 없이 사랑하던 것
이니 후일 聘物을 삼으소서.」

하고, 또 은자 일백 냥을 내어주며 왈,

「차물이 약소하나 일시 봉용하소서.」

생이 받아 일일이 간수하고 떠남을 연연하여 결연함을
이기지 못하더니, 차시 밤이 나누이고 경개 흉흉하며 금계
새벽을 고하거늘, 소저 몸을 일어 생을 인도하여 동산 협
문으로 쫓아 보내며 피차에 보중함을 일컫고, 생이 몸을
빼어 영은사로 돌아오니라.

차야에 소저가 임생을 보내고 침소에 돌아와 차탄함을
마지 아니하더니, 날이 새고자 하매 부모께 신성을 마치
고 고하되,

「채봉이 간밤에 도주하였나이다.」

승상이 청파에 대로하여 소저더러 문왈,

「기물은 가져간 것이 없느냐.」

소저가 대왈,

「각별 가져간 것은 없나이다.」

승상이 즉시 가인을 명하여,

「영은사에 가서 직승 법률을 잡아오라.」

하니, 가인 등이 수명하고 영은사로 가니라.

차시 임생이 사중에 돌아와 법률을 보고 칭사 왈,

「존사의 은혜는 山高海博한지라. 이 몸이 영귀한 후
에 중히 갚으리이다.」

인하여 지난 바 수말을 설파하니, 법률이 하례 왈,

「조그만 계교로써 상공의 소원을 이루니 만행이거니와,
상부에서 상공의 자취 없음을 보고 반드시 소승을 推
問하오리니 후환을 어찌하오리까.」

생이 답왈,

「이는 어렵지 아니하니 여차여차 대답하라.」

법률이 마땅하다 일컫더라. 생이 행리를 차려 떠나고자 하더니, 문득 상부로조차 이르러 크게 고함하고 들어와 법률을 결박하거늘, 법률이 이미 아는 바라. 거짓 놀라 왈,

「소승은 일찍 지은 죄가 없거늘 무슨 연고로 결박하느뇨.」

노자가 꾸짖어 왈,

「네 일찍 채봉이라 하는 비자를 그릇 천거하여 노야를 속여 팔았으므로 거야에 도주하였으니 어찌 무죄타 하리오.」

법률이 왈,

「외척을 감장하기만 위하고 채봉의 얼굴이 아름다움만 알 뿐이지, 그 심지는 알지 못함이라. 그러나 본전을 가져가 바치리라.」

하고 인하여 노자를 따라 승상부에 이르니, 승상이 대로하여 법률을 잡아들여 꾸짖어 왈,

「너는 어떤 근본을 모르는 음녀를 천거하였다가 이제 어떤 놈을 통간하여 도망하였으니, 이는 너의 죄라. 너를 重處할 것이로되 인명을 아껴 용서하나니, 너는 값을 도로 바쳐라.」

법률이 대왈,

「소승은 저희 얼굴만 알 따름이요, 소행이야 어찌 알리이까. 그러하오나 값을 가져왔사오니 도로 드리나이다.」

하고, 은자 삼백 냥을 내어드리니, 승상이 은자를 받고 법률을 돌려 보내니라.

법률이 사례하고 절에 돌아와 임생을 대하여 奇謀를 이르며 서로 拍掌大笑하니, 타인은 차사를 능히 알 자가 없더라.

차설, 임생이 영은사를 떠나갈새, 그 절 제승이 그가 떠남을 결연하고, 법률은 십리허에 나와 생을 보내며 떠나는 정이 결연하여 임생의 보중함을 재삼 당부하고, 법률을 이별하고 길을 행할새 내심에 생각하되,

「黃龍寺 千乘樓가 좋다 하니, 그리로 가서 구경하고 임경으로 가리라.」

하고, 점점 행하여 황성으로 향할새, 황룡 지경에 이르러 경개를 살펴보니, 일발 청산에 해수를 연림한데 명사 십리에 해당화 만발하고 明山落照와 遠浦歸帆이며 平沙落雁이 울울이 왕래하니 경개 무궁한지라. 임생이 경치를 탐하여 점점 들어가며 시를 지어 음영하여 객회를 위로하더니, 바람결에 낭랑한 歌聲이 들리거늘, 임생이 내심에 생각하되,

「이곳에 반드시 公子·王孫이 모여 즐기는도다.」

하고, 가성을 따라 점점 나아가니, 背山臨水한 곳에 일좌 누각이 있고, 그 누각 위에 소년 재사가 많이 모여 수십 창기를 데리고 풍악을 연주하며 크게 즐기거늘, 생이 생각하되,

「내 이미 이곳에 왔으니 저 누각 위에 올라가 제객으로 더불어 화답하며 풍월을 희롱하여 저희 才品을 보리라.」

하고, 표연히 걸어 누상에 올라 팔을 들어 읍하고 좌중에 통하여 왈,

「제위는 생이 작례하나이다.」

하고 말석에 앉으니, 제인이 몸을 굽혀 답례하고 왈,

「귀객은 어느 땅에 계시며 어디로 행하시느뇨.」

생이 답왈,

「생은 소주 사람으로, 마침 貴處를 지나다가 경개 아름다움을 사랑하여 이곳에 이르렀삽더니, 청풍이 가성을 인도하여 객의 이목을 경동하매 가성을 따라 귀처에 이르러 제형의 眷愛하심을 입사오니 황공함을 이기지 못하리로소이다.」

제인이 또한 과도하심을 칭사하며 주배를 나눌새, 임생을 수삼배 권한 후에 모든 창기로 하여금 七絃琴을 희롱하여 가사를 화답하니, 소리가 嘹亮清雅하여 행군을 머무는 듯하더라.

그러나 그 중 일개미인이 紅裙翠衫으로 단장을 정히 하고 앉았으되, 수태를 머금고 추파를 낮추어 조금도 놀음에 뜻이 없거늘, 생이 눈을 들어 자세히 살펴보니 쇄락한 태도와 아름다운 기절이 홍도화 이슬을 머금은 듯, 일월이 愁雲을 떠었는 듯 짐짓 절대가인이라. 내심에 흠탄함을 마지 아니하더라.

그 미인이 또한 추파를 흘려 임생을 바라보니, 골격이 장대하고 살빛이 백설 같으며, 曉星雙眼에 秋水精神이 어리었으며 미간에 山川精氣를 떠었으니, 단산에 앉은 봉이요, 수풀에 의지한 범이니 진실로 天下豪傑이요, 萬古英雄이라. 스스로 마음에 공경하여 가만히 칭찬 왈,

「이는 반드시 하늘이 유의하신 사람이로다. 내 비록 教坊에 생장하였으나 뜻을 합할 군자를 얻지 못하면 차라리 홀로 늙고자 하였더니, 금일 나의 百年佳客을 만났도다.」

하며 추파를 흘려 정을 보내거늘, 생이 또한 저의 유의
함을 보고 눈으로써 정을 응답하니, 좌중이 어찌 양인의
뜻을 알리오. 임생이 짐짓 모르는 체하고 좌중에 청하여
왈,

「생이 우연히 이곳에 이르러 제형의 사랑하심을 입사
와 아름다운 주육을 포식하고 맑은 가성을 듣자오니
平生榮幸이오나, 다만 서운한 바는 저는 어떠한 미인
이완데 팔짱 끼고 종일 연석에 앉아 단순을 닫아 일언
을 아니하느뇨. 제형은 일곡을 청하여 소생의 객회를
위로케 하소서.」

제생이 미소 왈,
「이 美娘은 본래 臨邛 名唱이니 이름은 美愛라. 연전
에 태수 부름을 인하여 이곳에 왔으나 본래 천성이 강
직하고 절행을 송죽에 비하는지라. 이러므로 본군 태
수가 청하였으나 뜻을 얻지 못하였더니, 금일 아 등의
청함을 인하여 부득이 이에 이르렀으나 어찌 연석에
뜻이 있으리오.」

하고, 언필에 미애를 돌아보고 일곡을 청하니, 미애 응명
하여 일어나 단삼을 날리며 凌波曲을 노래하니, 좌중이
기뻐 왈,

「금일 미랑이 청가를 부르니 우리 平生恨이 없고 임형
의 청이 무색치 아니하도다.」

하더니, 임생이 제생더러 왈,

「소생은 본디 주량이 넓으니 금일 연중에 玉露 盈樽하
였으니 한잔 술을 아끼지 말으소서.」

제생이 대소 왈,
「임형은 과연 劉伶의 後身이로다.」

하고 주준을 내어 먹이니, 미애 주준을 앗으며 왈,

「이 객은 우리 청한 바가 없거늘, 어찌 남의 연회에 이렇듯 괴로이 구느뇨. 그대 주량이 크거든 이 앞에 도화가 만발한 술집이 있으니 찾아가 주량대로 사 먹어라.」

생이 다시 청코자 하더니, 홀연 누하로조차 고함소리 크게 나거늘, 제생과 모든 창기 대경하여 혼백이 몸에 붙지 아니하여 왈,

「好事多魔라 함이 진실로 옳도다. 아 등이 금일 즐거이 놀더니, 이제 狂客이 오니 큰 환란을 만나리로다.」

하거늘, 임생이 문왈,

「이는 어떤 일이완데 제형이 여차 경황하시느뇨.」

제생이 왈,

「이는 冀州都督 魚華聰의 아들이니, 이름이 俠大라. 여력이 과인하여 맹호를 능히 손으로 잡으니, 이러므로 洛陽豪傑이라 칭하며, 본래 천성이 사나워 남의 연회를 찾아다니며 사람 죽임을 파리같이 하는지라. 是故로 아 등이 저희 나간 때를 타 금일 機會하였더니, 이렇듯 만나니 어찌 두렵지 아니하리오.」

임생이 청파에 대소 왈,

「제형의 말이 약하도다. 아 등은 십여 명이라, 어찌 한 사람을 두려워하리오.」

제생이 손을 혼들고 혀를 저어 왈,

「임형은 외람한 말을 구외에 내지 말라. 우리 십여 인은 이르지 말고 수백이라도 능히 대적치 못하리라.」

임생이 소왈,

「소제 비록 미약하나 족히 광자를 제어하리니, 제형은

한 팔 힘을 도우라.」

하더라.

임생과 제생이 정히 말할 사이에, 문득 고함 소리 크게 일어나며 일위 건장한 남자가 머리에 돌학을 쓰고 몸에 호피옷을 입고 손에 박도를 들고 큰 범을 쇠사슬로 귀를 꿰어 타고 크게 소리하며 바로 다락에 올라오니, 제생이 일시에 내려 맞아 왈,

「대인이 어디를 갔다가 이제야 오시나이까. 아 등이 대인을 고대하다 못하여 감히 이에 즐기옵나니 대인은 허물치 마옵소서.」

협대 눈을 부릅뜨고 꾸짖어 왈,

「어른이 나간 때에 이렇듯 방자히 놀음하니 어찌 살기를 바라리오.」

제생이 황공함을 이기지 못하여 다만 애걸하니, 어생이 다시 꾸짖어 왈,

「차후는 다시 범죄치 말라.」

하며 다락에 올라 좌정하고 제생더러 문왈,

「내 들으니 臨邛(임공)으로서 절대가인이 왔다 하니 어떤 미인이뇨.」

제생이 대왈,

「과연 왔나이다.」

어생이 부르라 하고, 또 임생을 보고 대로하여 제생더러 문왈,

「저 앉은 자는 어떤 필부완데 어른을 보고 방자히 앉았느뇨.」

제생이 대왈,

「소주 선비라 하옵고 過此(과차)에 왔사오니 그 근본은 알지

못하나이다.」

어생이 대로하여 꾸짖어 왈,

「천하 영웅호걸들이 나를 보고 두려워 아닐 이 없거늘
너는 何等之人이완데 어른 앞에 이렇듯 방자하여 坐而
不動하느뇨. 내 이러한 놈을 죽여 후인을 징계하리라.」
하고, 몸을 일으켜 鐵片으로 치니, 임생이 맞아 거꾸러
져 칠규로 피를 흘리거늘, 협대 급한 성을 참지 못하여
십여 차를 치니, 임생이 사지를 끌며 입으로 피를 무수
히 토하더니 인하여 죽는지라. 제인이 차경을 보고 魂不
附體하여 아무리할 줄 모르고, 미애는 그 죽음을 보고
내심에 애닯아하나 감히 일언을 못하더라. 협대 제생을
호령 왈,

「저놈이 이미 죽었으니, 여 등은 저 주검을 끌어다가
강수에 던져 혼적을 없이하라.」

제생이 감히 거역치 못하여 임생의 시체를 끌어다가 강
물에 던지고 돌아오니, 협대 오히려 노기 풀리지 아니하
였더라.

이윽고 一陣清風이 일어나며 일위 소년이 공중으로조
차 내려와 언연히 누상에 섰거늘, 제인이 대경하여 살펴
보니, 이는 좌상에서 죽은 임생이라. 莫不驚惶하여 하더
니, 임생이 협대를 꾸짖어 왈,

「너는 사람을 잘 죽이니 나도 너를 죽이리라.」

하거늘, 협대 이 거동을 보고 황겁하여 쥐었던 박도를 던
지고 누하에 내려 복지하며 머리를 조아려 청죄 왈,

「협대 무지하와 선생을 알지 못하고 그릇 죄를 범하였
사오니 사죄를 청하나이다.」

하고 살기를 애걸하거늘, 임생이 누상에 높이 앉아 눈을

부릅뜨고 크게 꾸짖어 왈,

「광객은 들으라. 남아가 처세하여 광명정대한 일을 행할 것이어늘, 너는 한낱 血氣之勇을 믿고 무지한 행사로 인명을 살해하니, 너 같은 유를 내 어찌 세상에 살려 두리오. 내 너를 없이하여 다시 작란치 못하게 하리라.」

협대 애걸 왈,

「소인이 본래 무지한 곳에서 생장하와 명교를 받지 못하고, 한갓 소년 혈기로 선생의 귀체를 촉범하였사오니 사죄를 당할지여이다.」

임생이 그 애걸함을 보고 노를 낮추어 경계 왈,

「내 이제 너의 무지한 죄를 다스려 머리를 베어 천하 호걸의 근심을 덜고자 하였더니, 너의 기골이 장대함을 아껴 특별히 용서하나니, 돌아가 행실을 배워 차후는 방자치 말라. 내 비록 서생이나 너 같은 필부를 초개같이 보나니, 만일 다시 작란함이 있을진대 두 번 다시 용서치 못하리라.」

협대 고두 사죄 왈,

「선생이 협대의 죄를 용서하시고 이렇듯 밝게 가르치시니, 협대 이제야 쾌히 깨달았사오니 차후야 어찌 교만하리이까. 改心修德하리이다.」

하니, 그 언어 가장 유순한지라. 임생이 협대와 제생을 오르라 하니, 제생과 협대 누상에 올라 협대가 임생을 향하여 공손히 재배하고 말석에 참례하거늘, 임생이 협대를 향하여 왈,

「그대는 방심하여 술이나 먹고 놀지이다.」

하니, 어생이 천만 사례하더라.

인하여 풍악을 주하며 청가를 노래하여 즐길새, 제생
과 모든 창기 크게 칭찬 왈,

「짐짓 천하영웅이라도 항복하지 않을 이 없도다.」

이날 미애가 임생의 이러한 재주를 알지 못하고 진짜
죽는가 하여 심히 애닯아함을 마지 아니 하다가 비로소
임생의 영웅의 재주를 보고 크게 기뻐하여 좌중에 나아
가 淸歌妙舞로 종일토록 즐기다가 좌중에 청하여 몸이
불편함을 칭탁하고 먼저 돌아감을 청한데, 제생이 허락
하거늘, 미애 하직하고 물러 제 집에 돌아와 房舍를 쇄
소하고 동자를 불러 분부 왈,

「너는 천승루하에 가서 대기하였다가 모양이 여차여차
한 상공이 누에서 내리시거든 영접하여 길을 인도하여
돌아오라. 이는 소주 사시는 임 상공이니라.」

하니, 시동이 청령하고 누하에 이르러 대기하니라.

이러구러 日落咸池하고 月出東嶺하니 잔치를 파하고 제
객이 각각 돌아갈새, 제생과 창기 등이 임생을 하직하고
돌아가니, 임생이 제생더러 왈,

「금일 제형의 사랑하심을 입어 가무와 주찬으로 즐기
다가 돌아가오니 은혜가 위대한지라, 제형은 후일 다시
봄을 바라나이다.」

하니, 모두 사례하더라.

생이 돌아올새 협대 따라오며 왈,

「소생이 선생을 모셔 생사를 한가지로 하고자 하옵나
니, 바라건대 선생은 협대를 버리지 말으소서.」

하고 떠나지 아니하거늘, 임생 왈,

「나는 일찍 부모를 생리하고 정처없이 다니며 부모의
소식을 알고자 하나니, 그대 따르나 무익할 것이니 돌

아가라.」

협대 읍고 왈,

「협대 무지하와 선생에게 죄를 범하였더니, 선생이 이
제 더럽다 하사 이렇듯 버리고자 하시나이까. 협대 죽
기로써 뒤를 좇아 犬馬(견마)의 힘을 다하여 따르고자 하나
이다.」

임생이 저희 정성을 보고 이에 위로 왈,

「일후 만날 날이 있으리니, 아직 돌아가 금화산 유수
선생을 찾아가 지성으로 빌어 이름을 현달케 하라. 이
선생은 나의 선생이니 도덕이 가장 고명하시니라.」

하니, 협대 할일없어 눈물을 뿌려 임생을 하직하고 금화
산을 찾아가니라.

이날 임생이 협대로 더불어 작별하고 미애의 집을 심방
코자 하더니, 문득 청의 동자가 앞에 나와 왈,

「상공이 소주 임 상공이 아니시니까. 소동이 미애 낭
자의 명을 받아 이에 기다린 지 오래니이다.」

하고 가기를 청하거늘, 생이 기뻐 답왈,

「내 과연 임생이거니와 미애 낭자는 어디 있느뇨.」

동자가 대왈,

「상공이 가시면 자연 알으시리이다.」

하고 생을 인도하여 가거늘, 생이 동자를 따라 수리를 나
아가니, 동자 손을 들어 가리켜 왈,

「이는 미낭자의 卜居(복거)*하는 집이니이다.」

생이 눈을 들어 자세히 살펴보니, 背山臨水(배산임수)한 곳에 三
色桃花(삼색도화) 만발하고, 늘어진 양류는 青紗帳(청사장)을 드리워 바람
을 쫓아 가볍게 불리며 暮煙(모연)이 依然(의연)한데 一坐彩閣(일좌채각)이 연

---

*복거 : 살 만한 곳을 가려서 정함. 복지(卜地).

기 속에 들었거늘, 생이 동자를 따라 들어가니 사창에 초
영이 영롱하고 香煙(향연)이 斐斐(비비)하더라.

미애가 임생의 들어옴을 보고 연망히 나와 영접하여 왈,
「상공은 陽臺雲(양대운)을 어찌하고 이렇듯 오시나이까.」

생이 소왈,
「朝雲臺(조운대)에 雲雨之夢(운우지몽)을 생각하고 이곳에 이르렀더니 과
연 양대운이로다.」

하고, 서로 손을 이끌어 들어가 좌정하매, 미애 향다를
권한 후 벌써 석반을 들이거늘, 생이 받아 보니 기명이 번
잡치 아니하고 음식이 淨潔素淡(정결소담)하더라. 미애 앞에 나와
고왈,

「첩이 비록 창기에 생장하였으나 마음은 고인을 따르
고자 하옵나니, 이러므로 나이 이팔에 이르도록 뜻에
합한 영웅을 만나지 못하매 한갓 長嘆詩(장탄시)를 외울까 하였
더니, 금일이 하일이완데 우연히 상공을 만나오니, 첩
이 평생 바라던 바에 지나온지라. 원컨대 금일부터 첩
의 일신이 상공께 의탁하와 巾櫛(건즐)을 소임코자 하옵나니
바라건대 상공은 첩을 버리지 마옵소서.」

임생이 청파에 미애의 옥수를 잡고 웃어 왈,
「나는 지향 없는 객이라. 미랑이 그릇 알고 백년을 기
약하거니와, 이 몸이 무용하니 미랑의 맑은 절개를 손
상할까 하노라.」

미애 소왈,
「첩이 비록 지인하는 眼聰(안총)이 없사오나 이미 사람 비치
는 거울이 있사오니 상공은 겸양치 마옵소서.」

하고, 피차에 사랑하여 無窮閑談(무궁한담)을 하더니, 아이오 밤이
이미 깊은지라. 즉시 촉을 물리치고 침금을 한가지로 하

니, 그 繾綣之情이 巫山落水 만남에 비치 못할레라.

　이날부터 미애 임생을 지성으로 섬길새 朝夕之供과 衣服之節을 극진히 하니, 임생의 일신이 평안하나 부모의 존망을 몰라 조석에 望雲하는 회포와 장·이 양소저를 시시로 생각함이 간절하니, 錦衣玉食이 도리어 즐거운 줄을 모르더라.

　이 적에 천자가 송 이주의 난을 만나 忠良之才와 보필할 영웅이 없음을 주야 탄식하더니, 천행으로 그 적당을 잡아 치죄하고 治國安民할 자가 없음을 근심하사 이에 천하에 조서를 내려 인재를 뽑고자 설과하시니 사방 선비 구름 모이듯 하더라.

　이때는 仲秋望間이라. 임생이 미애의 집에 있어 세월을 보내더니, 문득 천자가 인재를 택하려 하사 설과하심을 듣고 대희하여 미애더러 왈,

　「천자가 설과하시고 인재를 택하신다 하니 또한 觀光코자 하나니, 미랑은 과장제구를 차려 줄소냐.」

　미애 이미 임생의 영웅임을 아는지라. 만심 환희하여 즉시 문구 과거 기구를 차려드리거늘, 임생이 즉시 행리를 차려 황성으로 향할새, 황룡에서 황성이 겨우 육십리라. 즉일 도성에 들어가니 사방 선비와 무사가 분분히 모였는지라. 임생이 주막을 정하고 과거일을 기다리더라.

　이때 이 승상이 조회에 들어가니 천자가 칙교 왈,

　「금번 장중은 범연치 않으니 다만 英雄·輔弼之才를 뽑으려 하나니, 경의 고명함으로 현사를 뽑아 짐의 보필을 삼으라.」

　승상이 수명하고 물러나 본부로 돌아와 부인과 여아를 대하여 왈,

「금번 과거에 노부로 상시관을 삼으시니, 이번 장원으
로 東床을 정하여 여아로 더불어 슬하 영화를 삼겠다.」
하니, 소저는 들을 따름이요, 한부인은 기뻐 왈,

「상공의 고명하심으로 인재를 모르시리까.」
하더라.

이러구러 과거일이 다다랐거늘 승상이 조복을 갖추고
입궐하니, 천자가 전각에 어좌하시고 글제를 내어 걸고
일변으로 무과를 보이실새, 차시 임생이 과장에 들어가
니 벌써 글제를 걸었거늘, 생이 해제를 생각하고 시지를
펴며 일필휘지하여 일전에 선장하고 물러나와 궁시를 차
고 무장에 들어가 활을 쏠새 칠중무시를 不羈하나 누가
능히 임생의 百步穿楊之才를 당하리오.

이때 천자가 무재를 순찰하시더니, 문득 일위 소년이
세류 같은 허리에 궁시를 차고 들어와 칠종불기함을 보
시고 대찬하사 즉시 인견하신 후, 新來進退를 하시고 青
龍雙盖를 사급하시며 인하여 羽林大將을 제수하시고, 또
詩軸*을 어람하실새 수백여 장을 보시되 하나도 성의에 합
한 것이 없어 용안이 불열하시더니, 문득 한 장 글을 보시
니, 의사 통쾌하여 사해를 기울이는 뜻이 지상에 風雲이
일어나고 龍蛇가 비등하여 문채 찬란한지라.

상이 불승희열하여 봉피를 떼어 보시니, 소주 임 호은
의 나이가 십육세요, 부는 처사 준일이라 하였거늘, 상
이 대희하여 친필로 장원을 쓰시고 글을 영하사 詩興이
도도하신지라. 연이나 무과 장원이 또 임 호은이라. 그
연소함을 잠깐 의심하사 행여 동성동명이 아닌가 하여 즉
시 호명하라 하시니 전두관이 영지하고 고성 왈,

---

*시축 : 시를 적은 두루마리.

「금방 장원은 소주 임 호은이고 나이 십육세.」

하는 소리에 장중이 뒤집히니, 임 장원이 계화를 숙이고 만인 총중을 헤치고 표현히 들어와 단지에 복지하온데, 천자가 살펴보니 이는 문과 장원 임 호은이라.

상이 더욱 칭찬하시며 가까이 나오라 하사 살펴보시니 玉骨仙風이 萬古英雄이라. 荊山白玉으로 다듬은 듯 모두 용안이요, 양안이 효성 같고 양미간에 山川精氣 은은하며, 두 귀밑은 복록이 어렸으며 흉중에 經天緯地할 재주를 품고 풍채가 늠름 쇄락하니 짐짓 천하영웅이라. 상이 대열하사 좌우를 돌아보사 왈,

「짐이 즉위 후로 이런 재주와 풍골을 보지 못하였더니 이는 하늘이 임 호은을 내어 짐의 股肱을 삼게 하심이니, 어찌 송나라 신민의 복이 아니리오.」

하시고, 특별히 임 호은으로 翰林學士 兼 凌賢閣 太學士를 제수하시고 문우 장원인과 雙童靑盖를 사급하시며 왈,

「경의 문무 재주를 보았으나 講聲*을 듣지 못하였으니, 강성을 듣고자 하노라.」

하시니, 임학사가 계화를 숙이고 강성을 돋우어 낭랑히 읊으니, 강성이 요량 청량하여 옥을 굴리는 듯, 석일 王子晉이 淸風明月夜에 옥퉁소를 슬피 불어 행운을 멈추는 듯하더라. 상이 더욱 칭찬하시며 왈,

「십육세 남자가 어찌 저렇듯 기특하며, 만인의 위가 되니 어찌 아름답지 아니리오. 또한 묻나니 경의 선세 父風을 주달하라.」

임 장원이 주왈,

「신은 하향 한미한 선비로 팔세에 송 이주의 난을 만

---

* 강성 : 글을 외는 소리.

나 부모를 실리하고 도로에 유리걸식하옵다가 산사에 의탁하여 글을 배웠삽더니, 천은이 융숭하사 이렇듯 중작을 받사오니, 성은이 망극하와 갚을 바를 알지 못하리로소이다.」

하고, 천은을 숙사하고 물러나와 주막으로 돌아올새, 桂花 靑衫으로 白玉笏을 쥐고 금띠를 띠고 문무관 兵符를 차고 金鞍白馬에 우뚝 앉아 靑紅雙盖를 받치고 장안 대로상으로 풍악을 주악하며 완완히 나아올새, 彩衣花童이 쌍쌍이 호위하여 나아오고 추종이 길을 덮었으니 관광자가 거리 거리 모여 책책 칭찬하며, 이는 반드시 천상 신선이 하강하였다 하더라.

이때 상이 임 호은을 배하사 문무 장원을 하이시고, 글을 차례로 탁방하시니, 제이는 경성인 趙鳳彬이요, 제삼은 순천부 呂東華라. 각각 벼슬을 봉하시고 新來進退를 하시니, 양인이 탑전에 사은 숙배하고 인하여 물러나와 집으로 돌아올새, 그 영광을 칭찬 않는 이 없더라.

이 적에 이 승상이 과거를 파하고 돌아올새, 길에서 조 상서를 만나니 조 상서는 부장원 조 봉빈의 부친이라. 조 상서가 왈,

「근일 소제 국사에 분주하여 형을 찾지 못하였으니 참괴하거니와 존형은 竹馬之情을 고겸하여 금일 폐사에 왕굴하사 돈아의 영광을 한가지로 함을 바라나이다.」

승상이 흔연 답왈,

「소제 또한 존형을 찾아 치하코자 하였나이다.」

하고, 수레를 연하여 조부에 이르러 외헌에 좌정하매, 승상이 한림을 불러 신래진퇴하며 옥골선풍을 보고 지극 사랑하여 집수 문왈,

「방년이 몇이뇨.」

봉빈이 대왈,

「십육세로소이다.」

승상이 조 상서를 향하여 왈,

「형은 다복하여 저런 귀자를 두어 무궁한 영화를 보거니와 소제는 죄악이 태중하여 후사를 전할 곳이 없으니 어찌 가긍치 아니리오.」

조공이 위로 왈,

「금일 형의 말을 들으니 소제의 마음이 봉절하온지라. 연이나 일찍 들으니 영애소저가 있다 하니, 알지 못하나 定親한 곳이 있느뇨. 만일 정친한 곳이 없을진대 소제의 용렬한 자식과 호연을 맺음이 어떠하뇨.」

승상이 흔연 답왈,

「소제도 이 뜻이 있는지라 어찌 좇지 아니하리오. 연이나 여아의 불미함으로 어찌 영랑의 배우에 합함을 바라리오.」

조 상서 소왈,

「영애 소저의 아름다움을 이미 들은 바라. 형은 겸양치 말으시고 擇日成禮함이 마땅하여이다.」

승상이 쾌허 왈,

「이미 언약이 굳으니 어찌 다른 뜻이 있으리오. 연이나 소제가 슬하 요적하오니, 원컨대 형은 영랑을 데리고 폐사에 이르러 문전을 영화롭게 함이 어떠뇨.」

조공이 응낙 왈,

「이제 우리 양인이 인척이 되었으니 어찌 혐의하리오. 소제 명일 아자를 데리고 존부에 나아가리이다.」

하고, 주하여 주배를 나눠 즐기더니, 일모 후 돌아올새,

승상이 한림의 손을 잡고 왈,

　「네 이제 나의 사위가 되었으니, 명일부터 노부의 집
　에 이르러 영화를 뵈게 하라.」

　봉빈이 사례 왈,

　「삼가 명대로 하리이다.」

　승상이 대열하여 조공 부자를 이별하고 본부에 돌아와
부인을 대하여 과거 말씀을 설화할새, 부인 왈,

　「금방 장원은 어떠한 사람이니이까.」

　승상 왈,

　「소주 임 호은이니, 이 사람은 하방 한미한 사람이매
택서치 아니했고, 兵部尚書 趙顥는 忠漢의 후예요, 부
귀 혁혁한지라 그 아들 봉빈이 부장원에 뽑혔으니 용
모 재학이 특이하고 나이 십육세라. 이러므로 조 호와
더불어 정친하였나니 수이 택일성례할지라. 어찌 기
쁘지 아니하리오. 명일 저희 부자를 청하였으니, 부인
은 주찬을 성비하여 대접하게 하소서.」

　부인이 청파에 대희하더라.

　각설, 이 소저가 임생을 이별하고 그 부탁함을 근심하
더니, 부친이 사관으로 들어가시매 자기더러 이르되,

　「금방 장원으로 택서하리라.」

하시니, 임생의 영웅과 문장을 아는고로 행여 임생이 장
원에 뽑힘을 축수하더니, 부친이 돌아오심을 듣고 내당
에 들어가 문안을 마친 후 낮추어 부친께 묻자오되,

　「금방 장원의 글이 어떠하니이꼬. 소녀 한번 구경코자
　하나이다.」

　승상이 즉시 임생의 글을 외워 베껴 주며 왈,

　「이는 소주 임 호은의 글이라. 제 비록 장원을 하였으

나 근본이 한미하니 너의 배필이 부족하기로 병부상서 조 호의 아들 봉빈이 둘째에 뽑혔으되, 인물이 아름답고 문장이 특출하기로 너의 배필을 정하였나니 어찌 말년의 영광이 아니리오.」

소저 임 장원의 글을 보다가 차언을 듣고 대경하여 글을 거두어 소매에 넣고 나직이 고왈,

「야야의 말씀을 들으매 어이 전일의 언약과 다르오니 야야의 성의를 알지 못하리로소이다. 소녀가 비록 불민하오나 전일 야야 金榜壯元으로 택서하리라 하시던 말씀을 명심하였삽거늘, 야야 어찌 금일 이리 말씀하시나이까. 바라건대 야야는 성심을 돌리사 소녀의 마음을 평안케 하소서.」

승상이 미소 왈,

「네 말이 비록 마땅하나 공후의 문벌로서 어찌 근본 모르는 遐方微賤한 사람으로 더불어 결친하여 타인의 웃음을 받으며 문호에 욕이 되게 하리오. 너는 고약한 말을 구외에 내지 말고 부모의 말을 순종하라.」

소저 이에 염용 대왈,

「소녀가 듣자오니 현인군자는 빈천함을 혐의치 아니하고 부귀를 좋게 여기지 아니하며 다만 인재를 취한다 하오니, 야야가 일국 대신으로 體位 존중하시거늘, 어찌 인재를 취하지 아니시고 부귀를 따르시나이까. 소녀는 결단코 죽을지라도 조가는 따르지 못하옵고, 다만 임 장원이 일시 빈천하오나 그 재주를 보건대 천하에 그 적수가 없사오니 이러므로 이제 몸이 영귀하였사온지라, 어찌 전일 빈천한 흔적이 있사오리까.」

승상이 여아의 말을 들으니 절절이 마땅하나 이미 조

가로 결친하였으니 어찌 다시 파혼하리오. 이에 소저를 대책하여 왈,

「혼인 대사는 부모가 주장하고 아녀자의 알 바가 아니거늘, 네 어찌 참여하여 말하는고. 너는 다시 다언치 말라.」

소저 이에 엄책을 들으니 황감참괴하여 눈물이 방방하여 옷깃을 적시니, 홍련화가 광풍을 만난 듯 아미를 숙이고 나직이 고왈,

「금일 야야가 소녀의 말을 그르다 하사 문호에 욕이 된다 하시나, 옛날 楚公主는 부왕의 오세 때 희언을 지켜 타문에 가지 아니하매, 초왕이 妄語함을 追悔하고 백성에게 하가하였으니, 그 절행이 이제까지 일컫고 욕되다 함이 없거늘, 야야가 어찌 소녀의 말씀을 욕되다 하시니이까. 초 공주는 오세에 절을 지켰거늘, 소녀는 금년 십육세라, 어찌 어린 초 공주만 못하리이까. 야야는 일녀를 두시고 사위를 택하고자 하시니, 소녀 금일 야야를 위하여 심히 부끄러워하나이다.」

언파에 몸을 일으켜 침소로 돌아와 탄식수성에 옥루가 종횡하더라.

이튿날 조 상서가 아자를 데리고 승상부에 이르러 왔음을 통하니, 승상이 대희하여 연망히 나와 맞아들어와 중당에 좌정하고 소연을 배설하여 대접할새, 조 한림의 신래를 진퇴하니 풍악소리 진천하는지라. 한 부인이 주렴을 드리우고 조 한림의 풍채를 구경할새, 조 봉빈이 머리에 계화를 숙이고 몸에 청삼을 붙이며 손에 옥홀을 쥐고 들어와 신래를 진퇴하니, 풍채 늠름하여 地上神仙이요, 當時豪傑이라. 부인이 일견에 대희하여 여아의 침소에

들어가 소저를 불러 왈,

　「여아는 나와 조 한림의 풍채를 보라.」

　소저 낯빛을 고쳐 왈,

　「조가는 친척이 아니옵거늘 어찌 중당으로 청하여, 소
　녀 어찌 외인을 보리이까.」

　부인이 소왈,

　「조 한림은 오가 교객이라, 서로 봄이 무슨 혐의 있으
　리오.」

　소저 부드러운 언사로 비례함을 간한데, 부인이　웃고
돌아와 주찬을 성비하여 중당으로 보내니라.

　어시에 소저는 심사가 울울하여 침식을 전폐하고 죽기
를 결심하니, 斧鉞(부월)이 당전하나 어찌 굳은 뜻을 돌이키리
오.

　차설, 임 학사가 문무 장원으로 장안 대로상으로 遊街(유가)
할새, 노변 관광자가 책책 칭찬하고 명문 대가에 딸을 둔
자 그 재주와 풍채를 흠모하여 동상을 유의치 아니할 이
없더라.

　학사가 주막에 돌아와 헐숙하고, 명일 이 승상 부중에
이르러 승상께 뵈옴을 청한데, 차시 승상이 조 상서 부자
와 중당에서 설연하고 즐기더니, 문득 임 장원이 왔음을
듣고 불열 왈,

　「제 비록 장원이나 금일 우리 양가가 모여 가기를 정
　하매 중당에서 즐기거늘, 저 같은 한미한 유를 어찌 내
　당으로 가까이 청하리오.」

하고, 이에 시비를 명하여 전어 왈,

　「내 금일 마침 유고하여 접대치 못하나니, 물러갔다가
　명일 다시 찾으라.」

하니, 조 상서가 만류 왈,

　「제 장원랑이라 하고 존형을 보러 왔으니 아무리 중당이나 내자를 막 잘라 가라 함이 불가하오니, 소제의 어린 생각에는 청하여 봄이 좋을까 하나이다.」

하거늘, 승상이 내심에 불안하나 마지 못하여 이에 나와 장원을 맞으니 임 학사가 머리에 九龍冠(구룡관)을 쓰고 또 賜花(사화)를 가하며 몸에 紅錦袍(홍금포)를 입고 자금띠를 띠고, 허리에 문무 장원 인수를 차고 백옥홀을 손에 쥐고 완완히 들어와 국궁진퇴할새, 승상이 신래를 괴롭게 보채니 학사가 금관 계화로 홍포 단삼을 흩날려 진퇴하니, 일가 상하 둘러서서 구경할새, 서로 혀가 닳을 듯이 칭찬하더라.

　차시 이 소저는 임 학사가 왔음을 듣고 잠깐 면목을 보고자 하나 조가를 혐의하여 보지 아니하더라.

　이윽고 승상이 진퇴를 마치고 당에 오르라 하니, 학사가 당에 올라 승상과 조 상서께 예하고 말석에 좌하니, 승상이 학사를·향하여 왈,

　「금일은 오가의 경사를 보는 날이기로 중당에 모였으며 다른 객은 맞지 아니하더니, 장원의 풍채를 사랑하여 청하였노라.」

하니, 학사 다만 공수칭사할 따름일러라. 봉빈이 학사를 향하여 왈,

　「벼슬이 비록 높으나 이른바 禁宮玉泉(금궁옥천)이라, 우리와 다르니 어찌 동연을 같이하리오.」

하니, 조 상서가 또 가로되,

　「흑백이 혁혁하니 螳螂(당랑)*의 무리 어찌 수레바퀴를 막으리오.」

━━━━━━━━━━━━
＊당랑 : 사마귀.

하며 대로하거늘, 학사가 미소 부답하고 다만 저희 대접함을 볼 따름이러라.

승상이 이에 주찬을 내와 크게 즐길새, 조 상서 부자는 은근히 권하되 학사는 없음같이 하다가 나중에 마지 못하여 잔을 보내거늘, 학사가 통한하나 나중을 보려 하고 짐짓 앉았더라.

종일 진환하매 조 상서가 취중에 승상께 청하여 왈,

「소제의 돈아, 존부 교객이 되었으니 서로 허물할 바가 없을지라. 이제 영애를 불러 우리 부자에게 보임이 어떠하니이까.」

승상이 소왈,

「소제 이 뜻이 있나니 어찌 사양하리오.」

하고, 비자로 하여금 소저를 부르니, 시비 소저 침실에 들어가 승상의 말씀을 전하고, 또 조 상서 승상께 청하여 소저를 보고자 함을 고하니, 소저가 청파에 勃然變色 하고 대로하여 꾸짖어 왈,

「조가 필부 어찌 여차 무례하리오.」

시비를 분부 왈,

「네 나아가 노야께 여쭈오되, 조가는 친척이 아니옵거늘 어찌 중당에 오래 머물러 가중 내외를 탐지케 하리오. 즉시 보내심이 마땅하옵고, 하물며 소녀는 규수의 몸으로 어찌 외인을 상접하리이까. 조공은 조정 중신으로 체모를 알거늘, 소녀 보기를 청한다 하오니 무례 막심한지라. 소녀 불복하옵나니 명을 역명한 죄를 당할지언정 나아가지 못하리로소이다 하라.」

하니 시비 이대로 승상께 회보하니, 승상은 다만 웃을 따름이요, 조 상서는 비록 취중이나 부끄러워 붉은 기색이

만면하여 몸을 안접치 못하더라. 봉빈이 부친의 무류함
을 보고 승상께 고왈,

　「대인이 가법을 이렇듯 불엄하사 소저 말씀이 어찌
　이렇듯 褻慢(설만)하리오. 대인의 치가하심이 가장 불민하여
　이다.」

하니, 승상이 참색을 띠어 소왈,

　「여아가 유아시로부터 천성이 편협하여 언어 여차하니
　허물치 말라.」

하더라.

　이때 임학사가 곁에 있다가 참지 못하여 봉빈더러 왈,
　「승상과 영존은 봉배간이라, 말씀을 豪慢(호만)히 하시려니
　와　존형은 존장 안전에 말씀을 과도히 못하리니 태만
　치 말으소서.」

하니, 봉빈이 발연 대로하여 학사를 꾸짖어 왈,

　「너는 하등지인이완데 감히 여차 방자하리오.」

　좌우를 분부하여 왈,

　「이놈을 바삐 잡아 내려라.」

하니, 좌우 추종이 일시에 달려들어 학사를 결박하려 하
거늘, 학사가 대로하여 단삼을 걷고 몸을 날려 좌우수로
추종 십여 명을 치니 다 거꾸러져서 피를 흘리거늘, 학
사가 분기 대발하여 봉빈의 팔을 잡아 땅에 던지고 발
로 그 흉복을 디디고 꾸짖어 왈,

　「너희 쥐무리 어찌 직언하는 군자를 모르고 이렇듯 무
　례하리오. 내 이제 너를 주먹으로 칠진대 목숨이 경각
　에 있을 것이로되, 승상 대인을 공경하여 너를 용서하
　노라.」

　언파에 봉빈의 팔목을 잡아 던지고 표연히 말에 올라

직소로 돌아와 장차 이 뜻으로 먼저 상소하여 벼슬을 갈 아 주심을 상달코자 하더라.

조 상서가 不意之患을 만나 遑遑紛紛*하여 아무리할 줄 모르더니, 이때 봉빈이 땅에 거꾸러져 입으로 피를 토하 다가 겨우 정신을 진정하여 부친을 모시고 집으로 돌아 올새, 중상한 하인이 십여 명이라.

조 상서가 분함을 이기지 못하여 이 뜻으로 상소하여 겨루고자 한데, 조신 등이 만류하여 왈,

「임 호은은 비록 하향 천인이나 짐짓 명사요, 황상이 총애하시니 상소하나 무익할지라. 공은 남의 전정을 막 지 말라.」

하니, 상서가 불쾌하나 감히 상소치 못하고 틈을 타 임 학사를 해코자 하더라.

차설, 이 승상이 불의의 변을 만나매 능히 금치 못하고 목인같이 앉았더니, 조공 부자가 돌아가니 능히 한 마디 도 위로할 말이 없어하더라.

재설, 임 학사가 적소에 돌아와 심복 하인으로 하여금 미애에게 서간을 부쳐 이 말을 이르고 위의를 차려 상 경함을 이르고, 가기를 정하여 기다리라 하며 조 봉빈 의 일로 상소하니, 기소에 왈,

「문무 겸 태학사 신 임 호은은 은근백배하고 상언우황 제폐하하옵나니, 신은 본디 하방 천인으로 천은이 망 극하와 조정에 모첨하오매, 年少無才함을 주야로 우구 하여 성상의 애휼지은을 만분지일이나 갚고자 하였 삽더니, 미신의 벼슬이 태중하와 감당치 못하올지라. 수연이나 백옥에도 한 점 티 있삽고 일월에도 흑운이

---

*황황분분 : 마음이 급하여 어수선함.

가리옵나니, 신이 수일 전에 승상 이 기일을 보러 갔
삽더니, 병부상서 조 호가 기자 봉빈을 데리고 왔사온
데, 저는 조정 중신이요, 신은 하방유생이라 하와 조 봉
빈이 신을 대하여 불언불면하옵고 여러 가지 조롱으
로 무례 막심하옵거늘, 신이 어찌 저의 권세를 대적하
리이까. 이러므로 신의 한미한 몸이 금달에 출입하옴
이 황공하온고로 진정을 상달하옵나니, 복망 폐하는 신
의 벼슬을 거두시고 신으로 하여금 본토에 돌아가 선
영을 보옵고 천은을 앙축케 하옵소서.」
하였더라.
천자가 남필에 대로하사 조 호 부자를 추고하시고, 批
答* 왈,
「경의 소를 보니 심히 약하도다. 어찌 한미함을 혐의
하여 벼슬을 사양하여 저희 교심을 기르리오. 짐은 부
귀를 취하지 아니하고 인재를 취하나니, 경은 안심하
고 勿辭行公하라.」
하시고, 인하여 벼슬을 돋우어 樞密使 兼 吏部尚書를 제
수하시니, 학사가 더욱 천은을 감축하더라.
 차설, 미애가 임생의 등과함을 듣고 크게 기뻐하더니,
문득 임 학사의 서간이 이르렀거늘 떼어 보니 소문과 같
은지라. 가사를 다스려 택일·발행할새, 경성에 이르니
추밀이 맞아 별내를 이르며 新宅을 安頓하니 양정이 새
롭더라. 추밀이 입직하여 성상을 어질게 섬기며 상벌을
분명히 하니, 천자 더욱 사랑하사 대소 국사를 임 호은
으로 의논하시니, 추밀이 비록 연소하나 그 재주를 미칠
이 없더라.

---

*비답 : 상소(上梳)에 대한 임금의 하답(下答).

이 적에 이 승상이 조 상서와 결혼하고 장차 성례코자 할새, 여아의 침소에 들어가니 소저 금금에 몸을 싸고 음식을 먹지 않거늘, 승상이 개유 왈,

「너는 외독녀라. 어찌 경사를 당하여 이렇듯 불길한 거조를 행하여 나의 근심을 끼치느뇨. 조가 친사는 이미 정하여 다시 칭탁치 못할지라. 너는 부모를 위하여 말년 영화를 보게 하라.」

소저가 금금을 헤치고 탄식 대왈,

「부창부수와 여필종부는 고금에 떳떳하온지라, 소녀가 조가를 알지 못하옵나니 다만 죽을 따름이로소이다.」

언파에 玉顔花頰에 주루 종행하니, 승상이 여아의 거동을 보고 憂悶*하나 다만 조가 친사를 거절치 못할지라, 재상 개유하나 소저 죽기를 정하고 듣지 아니하거늘, 승상이 할일없어 돌아와 부인을 대하여 가로되,

「여아가 고집하여 식음을 전폐하고 병이 점점 침중하니 조가 친사를 어찌하리오.」

부인이 대왈,

「여아의 뜻이 송죽 같사오니 불가불 저의 원대로 조가를 물리치고 임가를 맞음이 마땅하도소이다.」

승상 왈,

「이미 친사를 정하고 어찌 다른 곳을 취하여 남의 嗤笑를 받으리오. 하물며 임 호은은 한미지인이라, 어찌 차마 여서를 삼으리오. 부인은 여아를 개유하소서.」

부인이 이에 여아의 침소에 들어가 만단 개유하되 종시 불응하고 눈물만 흘리더라.

차시 조가에서 聘幣 왔거늘 소저의 병이 위중함을 칭탁

---
*우민 : 근심하고 번민함.

하고 빙물을 환송한 후, 승상 부부 주야로 여아의 병을
염려하더라.

　각설, 형부 하리가 천자께 주달하되,

　「송 이주의 여당을 수유한 지 오래되었으되 처결치 못
　하였사오니 推鞫*하심을 바라나이다.」

하였거늘, 천자가 대명전에 문무 백관을 모아 추국코자
하사 임 호은으로 大司徒 推鞫官을 하이시고 칙교하사,

　「경은 연소하나 정직한 위의를 미칠 이 없으니, 짐의
　몸을 대행하여 죄인 등을 추국하라.」

하시니, 문득 한림학사 조 봉빈이 출반 주왈,

　「임 호은은 하방 천인이요, 겸하여 연소하오니 대사도
　벼슬이 불가하여이다.」

　상이 노하사 봉빈을 꾸짖어 가로되,

　「너희 부자는 남의 전정을 훼방하고 임금의 뜻을 불안
　케 하니 신하의 도리 아니니 물러가라.」

하신데, 봉빈이 惶恐而退하니라.

　차일 임 호은이 황명을 받자와 탑전에서 죄인 등을 잡
아들여 추국할새, 형구를 갖추고 嚴刑鞫問하니 죄인 등
이 불과 십장에 살과 皮肉이 후탄하고 유혈이 淋漓하
여 집장 무사의 옷에 점점이 뿌려지는지라. 사도가 봉목
을 부릅뜨고 고성 대질왈,

　「大逆不道* 등은 들으라. 너희들 송 나라 백성으로 그
　수토를 먹으면서 황은을 감축치 아니하고 어찌 반역을
　도모하여 不威를 凌犯하였는다. 從實直告*하여 참형을
　면하라.」

＊추국 : 의금부(義禁府)에서 특지(特旨)에 의하여 중죄인(重罪人)을 신문함.
＊대역부도 : 대역(大逆)으로서 인도(人道)에 몹시 어그러짐.
＊종실직고 : 거짓이 없이 사실대로 고함.

하고 집장무사를 호령하여,

「각별 엄형하라.」

하니 그 위엄이 北風寒雪[북풍한설] 같고 말씀이 高山流水[고산유수]* 같아 좌우 조신과 모든 장사가 悚慄肅然[송률숙연]*하여 不敢一言[불감일언]하더라.

집장무사가 진력 맹타하니 죄인 등이 감히 은휘치 못하고 개개 복초하거늘, 사도가 초사를 마친 후 罪之輕重[죄지경중]을 가려 或竄或罰[혹찬혹벌]하여 무인절도에 減死定配[감사정배]*하고 인하여 추국을 파하니, 주검이 삼로상에 가득하고 비린내 그치지 아니하더라.

이 날 사도가 추국한 초기를 천자께 드린데, 상이 보시고 대찬 왈,

「임 호은이 비록 연소하나 그 충렬과 위풍이 고인을 藐視[묘시]*하리로다. 어찌 아름답지 아니리오.」

하시니, 좌우 제인이 모두 欽敬歎服[흠경탄복]하더라.

상이 임 사도의 연소위풍을 사랑하사 특별히 황금 일백 냥과 촉단 오천 필을 상사하시고 직품을 돋우어 平西都督[평서도독]을 더하시고 적절히 襃章[포장]*하시니, 사도의 부귀를 따를 자 없더라.

각설, 이 승상이 국정을 파하고 집에 돌아와 부인을 대하여 임 사도를 칭찬 왈,

「금일 임 호은이 황명으로 죄인을 추국할새, 상벌이 분명하여 그 위엄을 조정에 미칠 이 없는지라. 내 전일 시관으로 들어갔던 날 기특한 몽사를 얻었는고로 장원으로 여아의 배필을 정코자 하였다가 임 호은의 한

---

*고산유수 : 높은 산에서 흘러내리는 물. 극히 미묘한 음악. 특히 거문고소리의 비유.
*송률숙연 : 두려워하여 떨어 고요하고 엄숙한 상태.
*감사정배 : 죽임직한 죄인을 죽이지 아니하고 정배함.
*묘시 : 업신여기어 깔봄.
*포장 : 포장하여 주는 휘장.

미함을 혐의하여 조 호의 아들과 정혼하였더니, 금일 보건대 임 호은이 가히 여아의 배필이라.」
하고, 조가 친사를 물리치고 즉시 매파를 임 사도의 집에 보내었더니, 이때 사도가 집에 돌아와 이 승상께 진정을 통하고 구혼코자 하더니, 승상부에서 보낸 매파 이르러 구혼함을 보고 대희하여 매파를 관대하고 허혼함으로써 보내니라.

승상이 대희하여 택일하매 춘삼월 망간이라. 승상이 소저를 위로 왈,

「임생은 당시 영웅이라. 네 원을 좇아 조가를 물리치고 임 사도를 맞으려 하니, 너는 병심을 조보하여 길례를 이루게 하라.」

소저가 청파에 암희하여 약을 먹으며 조병하니, 연소혈기라. 오래지 않아 병세 쾌하고 기운이 여상하니 일가 상하가 기뻐하더라.

양가에서 혼수 성비하게 차려 길기를 기다리더니, 오라지 않아 길일이 다다르매 승상이 대연을 배설하고 내외 친척과 인리 향당을 청하여 신랑을 맞는지라. 임사도가 길복을 갖추고 승상부에 갈새, 머리에 구룡관을 쓰고 몸에 紅金雪凌衣(홍금설능의)를 입고 허리에 아홉 兵符(병부)를 차고 자금띠를 두르고 좌우 패옥을 드리우고 백옥홀을 들고 金鞍(금안) 駿馬(준마)에 당당히 앉았으니, 각부 아역이 前遮後擁(전차후옹)하고 조정 대신이 금관 조복으로 후행하여 풍악을 주하며 승상부에 이르니, 金屛彩帳(금병채장)이 반공에 영롱하고 운무채화 석상에 영롱하더라.

신랑이 말에서 내려 천자께 拜謁(배알)하기를 마치고 홍안을 전한 후에 교배석에 나아가 신부 나오기를 기다리더니,

이윽고 패옥소리가 쟁쟁하며 수십 시녀 일위 소저를 옹위하여 나올새, 신부 머리에 七寶花冠을 쓰고 몸에 六花紅金裳에 翡翠衫을 붙이며, 학라월 귀탄걸을 걸고 허리에 明月牌를 찼으며, 발에 鳳雲鞋를 신고 손에 金扇을 들어 桃花容을 가리우고 교배석에 나와 신랑과 더불어 교배를 맞고 대좌하여 합환주를 나눈 후 신방으로 돌아가니, 신랑이 또한 물러와 중당에 좌정하매, 승상이 모든 중신과 빈객으로 더불어 八珍佳肴*로 즐길새, 풍악을 주하며 신랑을 인도하여 위로하고, 내당에는 한 부인이 조정 명부와 친척 부인으로 더불어 즐기니, 그 빛난 영광이 무궁하더라.

종일 진환하고 일모 파연하매 제객이 각산하니, 시녀가 촉을 밝히고 신랑을 인도하여 신방에 이르니, 신부가 일어 맞아 좌정하매, 시녀가 금향을 피우고 원앙침·비취금을 포설하고 繡帳*을 지우고 물러가거늘, 사도가 눈을 들어 소저를 살펴보니 花容月態* 석일에 배승한지라. 이에 가로되,

「생이 소저로 더불어 천연이 중함으로 금일 화안을 대하오니, 반가운 중 석사를 생각하면 도리어 참괴하도소이다.」

소저가 수태를 머금고 단순을 닫아 답치 아니하거늘, 사도가 짐짓 대답을 듣고자 하여 혼연 소왈,

「생이 전일 채봉으로 왔을 때는 소저가 정이 밀밀하여 말씀이 다다하시더니, 금일은 채봉이 변하여 일개 서생 되어 화촉에 상대하니 반가움이 무궁하거늘, 소저가

---

*팔진가효 : 맛있는 안주와 맛있는 요리.
*수장 : 수를 놓은 휘장.
*화용월태 : 아름다운 여자의 고운 용태(容態)를 이르는 말.

생을 용렬히 여겨 묻는 말에 답치 아니하니 그윽이 참
괴하도다.」

소저가 마지 못하여 나직이 대왈,

「상공이 금일 잔약한 자취를 찾으사 구맹을 이루시니
감사한 중 석사홀 생각하매, 부끄러움을 이기지 못하
여 물으시는 말씀을 대답치 못하였나이다.」

사도가 청파에 애중함이 더욱 깊고 춘정을 이기지 못
하여 즉시 촉을 물리고 옥수를 잡고 금금에 나아가 침석
을 함께 하니 그 견권지정이 비할 데 없더라.

이튿날 사도가 소저로 더불어 옷깃을 연하여 승상 부
부께 뵈니, 승상 부부가 사랑하고 기뻐함이 비할 데 없
더라.

조반을 파한 후, 승상이 사도와 더불어 궐내에 들어가
천자께 조현하온데, 상이 흔연히 승상의 택서함과 사도
의 취처함을 치하하시고 진주패와 시녀 수십인을 사급
하시니, 승상과 사도가 천은을 축사하고 물러나오니 제
신이 치하 분분하더라.

이 날 임 사도가 승상 부부께 미애의 사정을 고하고,
또 이씨에게 통하여 데려올 사연을 말하니, 이씨가 대열
왈,

「첩이 동기 없삽고 일신이 외로움을 한탄하더니, 이제
미애를 데려와 의를 맺어 閨中知己가 되고자 하나이다.」
하고 즉시 위의를 차려 미애를 데려오니, 미애 단정히 하
고 승상 부부께 뵈온 후 이씨에게 현달하니, 이씨 미애
의 아름다움을 보고 사랑함을 동기같이 하니, 미애 본디
민첩한지라. 승상 부부를 지성으로 받들며 이씨에게 정
성이 극진하고 사도를 예로 섬기고 비복을 인의로 부리

니 가중 상하가 미애의 현철함을 칭찬하더라.

임 사도가 충성으로 사군함에 정직·단엄하니, 국내 태평하고 사방이 무사한지라. 세월이 엄념하여 사도의 나이 십팔에 이르매, 벼슬이 점점 높고 부귀가 일국을 기울이니 뉘 아니 칭찬하리오.

선설, 임공 부부가 아들을 잃은 지 하마 십년이라. 생사를 알지 못하여 눈물로 세월을 보내며 사해 팔방으로 두루 돌아 찾되, 광활한 천지에 어디 가서 찾으리오. 전전하여 永陵 지경에 이르러는 날이 저물매, 식점을 찾아 한 칸 방을 빌려 잘새, 이날 밤 임공이 일몽을 얻으니 일위 노옹이 와서 이르되,

「소승은 금화산 칠보암에 있삽더니, 전일 임 상공의 중보를 받아 절을 중수하니 그 은혜가 중한지라. 갚을 길이 없어 한탄하는 바이러니, 이제 존공을 만나 길을 가리키나니, 협서 지경이 멀지 아니하오니 바로 협서로 가면 귀한 소식을 들으리이다.」

언홀에 간 데 없거늘 놀라 깨달으니 枕上一夢이라. 양씨를 깨워 몽사를 이르니, 양씨 답왈,

「첩도 몽중에 아자가 황룡을 타고 들어와 보매, 정히 묻고자 할 즈음에 상공이 깨우시기로 묻지 못하였나이다.」

하고, 서로 의아함을 마지 아니하더라.

이튿날 날이 새매 조석을 빌어 먹기를 필하고 바로 협서로 찾아가며 좋은 소식을 바라더라.

화설, 협서 장 소저 임생을 이별하고 초중 세월을 보내며 임생의 찾기를 기다리더니, 부모의 소상이 다다르매 새로이 망극하여 하더라.

차시 임공 부부가 행하여 협서에 이르러 날이 저물고 인가가 없으매 민망하여 인가를 찾아 한 곳에 이르니 큰 뫼 아래 일좌 대가 있으되, 朱欄華甍^{주 란 화 맹}이 극히 웅장하고 장원이 십리를 둘렀으니, 정령한 재상가의 부중이라.

부처가 문전에 이르러 양씨가 안으로 들어가 시비를 찾으니, 안으로서 한 차환이 나와 찾는 뜻을 묻거늘, 양씨 답왈,

「나는 소주 사람이라. 우연히 지나다가 일모하매 귀부인을 찾아 하루를 머물고자 하나니 주인께 고하라.」

시비 답왈,

「이곳은 남점 없고, 다만 소부인 홀로 계셔 행인이 유숙치 못하나이다.」

양씨 다시 간청 왈,

「사세 그러하나 날이 저물어 갈 곳이 없으니 차환은 들어가 소부인께 사정을 고하라. 가부간 문밖에 머물렀으니 행랑을 빌려 유숙케 하라.」

차환이 다시 칭탁할새, 이때 장 소저 사창을 열고 찾는 연고를 알고자 하더니, 한 늙은 여자가 시비와 말하는 양을 보매, 소주 사노라 함을 듣고 문득 생각하되,

「임생이 또한 고향이 소주라 하였으니, 행여 임생의 소식을 들을까.」

하여, 시비를 명하여 그 여자를 청하라 하고, 또 창두로 하여금 그 가장을 외현에 들이라 하고 분부하더니, 양씨 들어와 장 소저를 향하여 사례 왈,

「부인에게 초토 말씀을 어찌 다 아뢰리까.」

소저 온공히 답왈,

「나의 박명을 어찌 다 말하리이까.」

하고, 양씨를 청하여 당에 오르게 하고 시비로 석반을 차려 한 상은 외현으로 보내고 한 상은 양씨께 드린데, 양씨 먹기를 마치고 소저를 향하여 치사 왈,

　「의지 없는 객이 우연히 존부에 왔다가 귀인의 후은을 받자오니 황공 감사하여이다.」

하고, 눈을 들어 소저를 보니, 비록 상복은 입었으나 옥 같은 얼굴과 윤택한 기질이 요요정정하여 짐짓 숙녀가인 이라, 내심에 감탄하더라.

　차시 장 소저 눈을 들어 양씨를 살펴보니, 비록 모발 이 반백이나 玉貌花顔이 단정 엄숙하여 짐짓 사부의 태 도 있고 閭閻賤人이 아니거늘, 소저 자연 심정이 발하여 친척을 대한 듯이 문왈,

　「부인이 소주 계시다 하니 무슨 연고로 부부가 유리하 여 어디로 가시나이까.」

　양씨 함루 대왈,

　「첩은 소주 설학동 백학촌에 사옵더니, 불의의 난을 만 나 아자를 팔세에 잃고 지금 사생을 몰라 부부 전전 걸식하여 찾아다니나이다.」

　소저 청파에 생각하되,

　「임생이 소주 있노라 하고 팔세에 부모를 잃었다 하 더니 이 여인이 아니 임생의 부모인가 진위를 명백히 힐문하리라.」

하고, 이에 다시 공손히 문왈,

　「부인 말씀을 듣자오니 심히 참담한지라. 그러나 존성 은 뉘라 하시며, 잃은 영랑의 이름은 무엇이라 하시며 어느 난중에 잃으셨나이까.」

　양씨 장 소저의 이렇듯 물음을 의혹하여 왈,

「소저가 어찌 첩의 사정을 묻느뇨.」

장 소저 답왈,

「첩이 잠깐 의심된 일이 있기로 알고자 하나이다.」

양씨 왈,

「첩의 성은 양이요, 가부의 성은 임이요, 아들의 이름은 호은이요. 송 이주의 난에 잃었나이다.」

장 소저 비로소 임생의 부모인 줄 알고 且驚且喜하여 즉시 협실로 들어가더니, 아이 옷 한 벌을 내어다가 양 부인 앞에 놓고 왈,

「부인은 이 옷을 아시나이까.」

양씨 가장 의혹하여 자세히 살펴보니, 이는 아자의 입었던 옷이라. 대경하여 어린 듯하다가 함루 왈,

「이는 아자 호은의 옷이라. 첩이 손수 만들었으니 어찌 모르리오. 연이나 석일 복자에게 아자의 팔자를 뵈니 십세 전에 부모를 이별하리라 하기로 성명과 사주며 첩의 옥지환 일쌍을 금낭에 넣어 옷깃에 감추었나니, 이제 보면 알리라.」

하고 그 옷을 헤치고 보니, 과연 금낭이 있고 그 속에 사주와 옥지환이 들었거늘, 양씨 의혹하여 장 소저를 향하여 물어 왈,

「이 옷을 어디서 얻어 계시니이까.」

소저가 그제야 분명히 임 상서의 부모인 줄 알고 몸을 일어 재배 왈,

「첩은 영랑으로 더불어 結親한 장씨로소이다. 박명한 인생이 徘徊中 세월을 보내어 낭군의 돌아옴을 기다리옵더니, 명천이 도우사 금일 존고를 만나오니 여한이 없도소이다.」

양씨 千萬意外(천만의외)에 차언을 듣고 차경차희하여 소저를 붙
들고 가로되,

「금일 소저의 말 같을진대 호은이 살았음이 분명한지
라. 이제 어느 곳에 있으며 어찌하여 서로 만났느뇨.」

소저 대왈,

「영랑이 어디로부터 부모를 찾아간다 하고 수년 후에
돌아오리라 하였사오니, 존고는 과도히 번뇌치 말으소
서. 존구가 외당에 계시니 첩이 어찌 안연히 앉아 있
으리까.」

하여, 양부인을 모시고 외당에 나올새, 양씨 먼저 들어
가 임공을 깨워 왈,

「아자의 소식을 들었사오니 상공은 일어나소서.」

공이 혼몽중 차언을 듣고 급히 일어나며 왈,

「누가 아자 소식을 전하더뇨.」

장 소저 급히 들어와 공손히 사배하온데, 공이 알지 못
하매 양씨더러 문왈,

「이는 누구뇨.」

양씨 왈,

「이는 아자의 百年佳耦(백년가우)니이다.」

공이 청파에 不勝驚喜(불승경희)하여 어린 듯하더니, 장 소저 진
전 고왈,

「이곳이 누추하오니 존구는 안으로 들어오사 사연을 들
으소서.」

하고, 공의 부부를 모셔 내당에 들어와 좌정하니, 비복
등이 땅에 엎드려 현신하거늘, 공이 무사함을 이르고 소
저로 더불어 말씀할새, 장 소저 울어 고왈,

「첩은 전임 소주 방어사 장 봉유의 여자요, 나이는 금

년 십육세옵고, 연전에 가운이 불행하와 여차여차 귀
신이 밤마다 들어와 부모와 수다 비복을 살해하오니,
첩이 망극하옴을 어찌 형언하리오. 부모의 시신을 거
두지 못하고 잔약한 목숨이 쇠진케 되었삽더니, 天佑
神助로 거년에 낭군을 만나 귀신을 제어하고 부모의 시
신을 거두어 선영에 안장하고, 비복의 시신을 거두어
매치하고 첩의 잔약함을 구제하시니 그 은혜 昊天罔極
한지라. 이러므로 첩의 일신을 낭군께 의탁코자 언약
을 정한 후, 낭군이 존구를 찾고자 하오매 두어 낱 비
자와 양개 창두로 사환케 하고 떠나올 때에 삼년을 정
하였사오니, 존구는 안심하시고 이곳에 머물러 낭군을
기다리소서.」
공의 부부가 청파에 一喜一悲하여 이에 답왈,
「이는 고금에 드문 일이라. 구차한 인생이 세상에 살았
다가 어찌 이런 稀事를 볼 줄 뜻하였으리오.」
하고, 고생하던 말을 베풀고 기뻐함을 깨닫지 못할러라.

임공 부부가 이날부터 장 소저를 의지하여 세월을 보
내며 아자 돌아오기를 기다리더니, 장 소저가 지성으로
조석을 봉양하매 공의 부부 일신이 평안하나 아자의 돌
아오기를 고대하여 주야로 잊지 못하더라.

차설, 임 사또가 국가에 事煩하기로 예주 양모녀를 잊
었더니, 마침 柳淵이 예주 자사를 하여 부임차로 내려가
거늘, 사또 유자사를 보고 왈,
「형이 이제 예주로 내려가매 부탁할 말이 있사오니 용
납하시리이까.」
유 자사 답왈,
「사의를 듣고자 하나이다.」

사또 왈,

「소제의 소청은 예주 창기 소매 유향의 모녀라. 소제 석일 유리 걸식할 제 저에게 의탁하여 모자로 칭하고 수년을 머물렀으매 그 은혜 太重(태중)한지라. 떠난 지 여러 해로되 소식을 모르니, 형이 이번 그곳을 가매 저희 모녀를 찾아 소제의 말을 전하고 저를 구제하시면 소제 형의 은혜를 잊지 아니하리이다.」

유 자사가 왈,

「이만 일을 어찌 사양할 바리오. 지금 예주 관인이 왔으니 불러 물어 보사이다.」

하고 즉시 예주 관인을 불러 소매 모녀의 평부를 물으니, 관리 대왈,

「그간 고이한 變怪(변괴) 있사와 소매는 거리로 다니며 걸식하고, 유향은 지금 옥중에 갇혔나이다.」

사또 차언을 듣고 不勝嗟愕(불승차악)하여 문왈,

「소매 모녀가 무슨 연고로 악형을 당하느뇨.」

관리 답왈,

「유향의 형남 초향이 있삽더니, 나라의 上納錢(상납전) 오천 냥을 가지고 서촉에 장사하옵다가 풍랑을 만나 파선하였는고로 갚을 길이 없으매, 家資(가자) 田畓(전답)을 다 팔아도 그 수에 차지 못하여 유향은 수금하옵고 형남 초향은 영능으로 이수하옵고, 소매는 의지할 곳이 없어 걸식하나이다.」

사또 청파에 不勝惻隱(불승측은)하여 즉시 은자 일천 냥을 내어 유 자사를 주어 왈,

「형은 이 은자를 가져다가 소매를 주고 유향을 석방하소서.」

하고, 또 서간 한 장을 써서 주니, 유 자사 은자와 서간을 받아 관리에게 맡기고 예주로 내려가 도임하니라.

차시 예주 소매 모녀가 임생을 이별하고 그 정처 없음을 한탄하더니, 형남 초향이 장로의 해를 만나 가장 전답을 贖供(속공)하고, 유향은 옥중에 갇혀 그 모의 걸식함을 허하고 소매는 유향을 위하여 거리로 다니며 구걸하니, 혹은 불쌍타 하고 혹은 비양하니, 소매 더욱 애닯아하더라.

문득 신관이 도임하여 소매를 부르며 유향을 석방하고 불러 위로한 후 사또의 글을 준데, 소매가 알지 못하거늘 자세히 문왈,

「네 일찍 임 호은을 거두어 양육함이 있느냐.」

소매 그제야 깨달아 왈,

「육칠년 전에 임 호은을 양육하였삽더니, 제 부모를 찾으러 나갔사오매 지금 생사를 알지 못하나이다.」

자사가 왈,

「이는 임 호은의 서간이니 반가이 보라.」

하고, 또 은자 일천 냥을 내어 주며 임 호은 사또의 말을 전하고, 임 사또의 벼슬한 수말을 자세히 이르니, 소매 모녀 청파에 만심 환희하여 서간을 가지고 돌아와 떼어 보니 기서에 왈,

「양자 임 호은은 두 번 절하고 만단 설화를 올리나니, 오호라. 호은이 당년 팔세에 난중에 부모를 생리하고 혈혈단신이 대해의 浮萍草(부평초)와 추풍의 낙엽이라. 동서남북에 전전걸식하나 유아가 어찌 보전함을 바라리오. 장차 기사케 되었더니 양모의 거두심을 힘입어 오작의 밥을 면하고 金衣玉食(금의옥식)으로 삼년을 양육하시니 은혜 태산 같은지라. 어찌 잠시라도 잊으리오. 그간 쇠로하신 기

체 안강하신 소식을 알고자 하는 마음이 구곡에 가득
하오나, 부모 찾을 뜻과 장부의 공명이 바쁜고로 일
찍 찾지 못하오니 무정한 죄 一筆難記(일필난기)라. 몸이 이렇듯
영귀함은 다 양모의 후덕이라. 아무쪼록 나아가 뵈옵
고 結草報恩(결초보은)코자 하오나 몸이 나라에 허하매 천자가 사
랑하사 좌우에 두시고 일시도 떠나지 못하게 하시는고
로 뜻을 이루지 못하옵나니, 더욱 울울한 심사를 정치
못하나이다. 금번 가는 신관은 소자의 절친한 붕우라,
말씀을 부탁하고 약간 재물을 보내오니 아직 급한 곳
을 막으소서. 그러나 슬프고 놀라운 바는 양매가 수년
수옥하여 고생이 자심함을 듣자오니 놀라움을 이기지
못하나이다. 다만 悲懷交集(비회교집)하기로 정회를 다 못하나이
다.」

하였더라.

소매 남필에 일희 일비하여 서간을 들고 시장으로 다
니며 자랑하니, 견자가 칭찬 왈,
「知恩報恩(지은보은)이라 함이 虛言(허언)이 아니로다. 석일 임 호은이
걸식할 제 그 누가 영웅인 줄 알았으리오. 기특하다, 소
매 모녀의 지인함이여, 어찌 하늘이 돕지 아니하리오.」
하며, 老人諸人(노인제인)이 지극 공경하더라.

차시 소매가 은자 일천 냥을 가져 이봉한 은자를 바치
니, 차사가 오백 냥 은자를 도로 주며 왈,
「사또의 낯을 보아 오백 냥을 탕감하나니 가도를 이루
라.」

소매 모녀 고두 사례하고 가서 예와 같이 하여 노비·
전답을 활매하고 날마다 임 사또 보기를 원하더라.

이러구러 반년이 되었더니, 일일은 임 사또가 조회를

126

파하고 천자께 주왈,

「신이 예주 자사를 자원하나이다.」

상이 가라사대,

「경이 어찌 예주 자사를 자원하느뇨.」

사또가 드디어 소매 모녀의 自初至終을 고하고 저희 보은할 뜻을 자세히 아뢴데, 상이 청파에 저희 지인함을 아름답게 여기사 특별히 소매로 賢卿夫人을 봉하시고 유향으로 仁卿夫人을 봉하사 職牒을 먼저 보내시고, 대사도 임 호은으로 예주 자사 겸 안찰사를 제수하시고 칙교 왈,

「경은 일년을 머물러 백성을 憮恤하고 돌아와 짐을 도우라.」

하시니, 사또가 계수 수명하고 즉시 예주로 내려가니라.

어시에 소매 모녀가 임 사또를 사모하여 주야로 잊지 못하더니, 일일은 홍포 입은 관원이 문전에 이르러 직첩을 드리거늘, 소매가 不勝驚喜하여 북향 사배하고 떼어 보니 부인을 봉하신 직첩이라. 모녀 과분함을 축사하고 인하여 대연을 배설하고 즐기며 임 사또의 은덕을 자랑하니, 제인이 칭찬 왈,

「이런 희한한 일은 고금에 없도다.」

하더라.

문득 관리가 들어와 일봉 서간을 드리거늘, 떼어 보니 임 사또가 예주 자사 겸 안찰사를 하여 오는 수말을 하였는지라. 현경 부인 모녀 대희하여 즉시 위의를 차려 오십 리허에 나아와 자사를 맞아 반기니, 자사 교자에서 내려 양모께 뵈온 후 양매를 반겨 일희 일비 왈,

「현매 이별 십년에 萬端苦楚를 겪으니 慚愧하도다.」

양모를 향하여 고초하심이 다 나의 불효라 칭하고 함루하니, 현경 부인이 또한 수루 왈,

「고생이 변하여 영화 되었으니 어찌 슬퍼하리이까.」

자사가 미애를 명하여 양모께 뵈라 하니 미애가 신부 예로 뵈온데, 현경 부인 모녀 미애의 아름다움을 보고 지극 사랑하더라.

이윽고 날이 저물매 차야를 이곳에서 지낼새, 날이 새는 줄도 모르고 석사를 담화하더라.

임 자사가 도임한 후 구관으로 교대할새, 유 자사가 임 사또의 손을 잡고 무한히 반기며 소탁을 설화하니, 사또가 칭사하고 주배를 들어 서로 즐긴 후, 명일 구관이 발행하고 임 자사가 정사를 다스릴새 연구한 공사를 일일이 상고하여 罪之輕重(죄지경중)을 좇아 명백히 처결하고, 일삭에 한 번씩 창고를 흩어 백성을 賑恤(진휼)하고 선비를 권하여 학업을 힘쓰게 하고, 무사를 권하여 射工劍術(사공검술)을 배우게 하니, 예주 일성이 문무 불민한 자가 없더라.

자사가 장웅 소 일천 필을 내어 빈한한 백성을 주어 농업을 힘쓰라 하고 효자 열녀를 탐문하여 상급하며, 不孝婦(불효부) 제자를 엄탐하여 仁義(인의)로 開諭(개유)하니 鐵石心臟(철석심장)이라도 마음을 돌려 어진 일을 숭상하는고로 도적이 화하여 양민이 되고 道不拾遺(도불습유)하니, 자사의 어진 덕이 일국에 진동하더라.

자사가 양모 모녀로 더불어 매일 즐기며 전사를 古談(고담) 삼아 설화하니, 소매 모녀의 복록을 欽羨(흠선)치 않는 이 없더라.

세월이 여류하여 적은 듯 瓜滿(과만)이 되매, 천자가 임 사또의 청렴 정직함을 사랑하사 兵部尚書(병부상서)로 부르시니, 임

자사가 즉시 양모 모녀와 미애를 거느리고 상경할새, 일
성 백성이 남녀노소 없이 거리거리 모여 적자 자모 떠남
같아 大德(대덕)을 暗祝(암축)하며 주찬을 드려 잊지 못하는 정을 표
하더라.

　임 사또 예주를 떠나 여러 날 만에 경성에 이르러 양모
모녀와 미애를 바로 丞相府(승상부)로 보내고 入闕謝恩(입궐사은)하온데, 상
이 반기사 위유 왈,

　「경이 한 번 예주로 가매 기리는 소리 일국에 진동하
　니 어찌 아름답지 아니리오. 연이나 경을 외방에 두지
　못하는고로 불렀나니, 경은 짐의 좌우를 떠나지 말라.」
하신데, 상서가 천은을 축사하고 물러와 승상부로 돌아오
니라. 차시 현경 부인 모녀가 미애와 더불어 승상부에 이
르니, 승상 부부와 이 소저 맞아 못내 반기며 지극 후대
하는지라. 상서가 승상부에 이르러 승상 부부께 뵈온데,
승상 부부 맞아 行役(행역)을 위문하고 별래를 일컬어 別懷(별회) 탐
탐하더라.

　상서가 물러나와 이씨 침소에 이르니 이씨 영접하여 예
하고 나직이 행역을 위로하며 별회를 일컫고 양씨 모녀
權貴(권귀)함을 치하하니, 상서가 손사하고 차야를 한가지로 지
내니 일년 떠났던 정이 새롭더라.

　상서가 일조에 몸이 영귀하고 권세 일국에 으뜸이나
조석으로 부모의 존망을 알지 못하니, 富貴爵祿(부귀작록)과 금의
옥식이 도리어 가시 같은지라.

　상서가 하루는 부모를 위하여 점을 칠새, 焚香作卦(분향작괘)하니
점괘에 고인을 찾아 구맹을 이룬즉 부모를 그 가운데 찾
으리라 하였거늘, 비로소 깨달아 협소 장씨 찾기를 정하
고 생각하되,

「소주와 협서는 거리가 수천리라. 부모가 어찌 협서에
와서 계시리오. 반드시 나의 소식을 알려 하사 두루 돌
아 협서로 가신가.」

의사가 이에 미치매 즉시 승상 부부께 고왈,

「소자 이제 부귀를 탐하여 부모를 찾지 않으면 어찌 천
지간에 용납하리이까. 전언을 듣자오니 부모가 협서 땅
에 머무신다 하오니, 소제 이 말을 듣고 어찌 안연하
리이까. 차의를 황상께 주하여 벼슬을 버리고 부모를
찾고자 하나이다.」

승상 왈,

「차언이 정녕할진대 바삐 행하리로다.」

상서가 응명하고 차의를 이씨에게 이르니, 이씨 대희
왈,

「여차즉 어찌 일시나 머물리오. 빨리 행하여 존당을 모
셔 돌아오소서.」

상서가 왈,

「생이 참괴한 일이 있으되 일찍 설화치 못하였더니, 이
제 협서로 가기를 정함이 어찌 은휘하리오. 부인은 혐
의치 아니하리이까.」

이씨 청파에 경아 왈,

「원컨대 소회를 듣고자 하나이다.」

상서가 탄왈,

「생이 유리걸식할 때에 협서에 이르러 여차여차한 장
소저를 만나 그 고혈함을 보아 面當盟約하고 삼년을 기
약하여 찾으려 하였나이다.」

하며 설화하니, 이씨가 청파에 추연 함루하고 탄식 고왈,

「가련타, 장 소저의 정사여. 어찌 가엾지 않으리오. 상

공의 고명하신 식견으로 어찌 여차 무정하여 여자의 飛
霜之怨을 끼치시니까. 장 소저를 捲歸하여 첩으로 더불
어 동렬을 이루게 하소서.」

상서가 그 현심을 칭사하고, 인하여 부모 찾을 뜻으로
陳情表를 올려 말미를 청하온데, 천자가 남필에 惨憺히
여기사 允許 왈,

「경은 부모 존망을 알고 수이 돌아와 짐의 기다림이 없
게 하라. 연이나 익주와 협서는 지방이 멀어 王化가 미
치지 못할 뿐더러 수령 등이 貪虐한다 하니 백성이 어
찌 생명 재산을 보전하리오. 짐이 주야로 근심하는 바
이러니, 경이 이제 협서로 가매 양처 巡撫使 겸 按察
使를 제수하나니, 각부 군현의 장부를 살펴 黜斥을 임
의로 하며 백성을 진무하라.」

하시고, 繡衣 한 벌과 馬牌 鍮尺*이며 印綬를 주시니,
상서가 천은을 축사하고 인하여 하직·숙배하온데, 상이
어주로써 위로 왈,

「경이 이번 협서로 가니 생령을 무휼하고 군명을 내게
하라.」

상서가 고두·수명하고 물러와 승상 부부·양씨 모녀
며 미애를 하직하고 이씨를 이별할새, 이씨 일봉 서간을
닦아 장씨에게 부치거늘, 어사가 받아 소매에 넣고 즉일
등정하니, 아역·추종이 십리에 연하였더라.

임 어사가 행하여 여러 날 만에 기주 지경에 이르니 날
이 저물거늘 점에 들어 쉴새, 여러 날 행역에 몸이 곤뇌
하여 침석에 의지하였더니, 문득 금화산 유수 선생이 와
서 이르되,

---

*유척 : 놋쇠로 만든 자. 지방 수령이나 암행어사가 검시(檢屍) 때 쓰였음.

「풍맹아, 천정 인연이 이곳에 있거늘, 너는 어찌 찾지 아니하느뇨.」

言訖(언흘)에 간 데 없거늘, 놀라 깨달으니 枕上一夢(침상일몽)이라. 매우 이상히 여겨 미복을 고쳐 입고 문밖에 나아와 거닐며 생각하더니, 문득 바람결에 낭랑한 글소리 들리거늘, 마음에 가장 반갑게 여겨 걸음을 옮겨 독서성을 따라 점점 나아가니, 멀지 아니한 곳에 일좌 대가 있고 장원이 수리를 둘렀으니 분명히 재상가의 부중이라.

어사가 몸을 담장 밖에 감추고 가만히 엿들으니, 독서성이 오히려 끊이지 아니하고 밤은 이미 사경이라. 인적이 고요한데 다만 한 조각 밝은 달이 서로 비추더라.

어사가 몸을 날려 담장을 넘어 들어가 살펴보니 이 곳은 후원 별당이라. 층층한 墩臺(돈대)* 위에 각색 화초를 심었고, 지당의 부용화는 옥로에 잠겨 있고 연못 맑은 물은 금빛 찬란하여 金鱗(금린)이 노는 듯 야경이 더 아름답더라.

어사가 걸음을 가볍게 하여 별당에 올라 창밖에 은신하고 가만히 엿보니, 일위 소녀 紅裙翠衫(홍군취삼)으로 단정히 앉아 白玉書案(백옥서안) 위에 七步詩(칠보시)를 촉하여 음영하니, 그 소리 옥을 빻는 듯, 단산에 봉황이 짝을 부르듯 옥 같은 얼굴에 단순을 자주 여니 三色桃花(삼색도화)가 이슬을 머금어 향기를 토하는 듯, 紅蓮花(홍련화) 춘풍을 못 이겨 화엽을 비는 듯 玉(옥)鬢花頰(빈화협)이 依稀朦朧(의희몽롱)하고 八字春山(팔자춘산)에 彬彬(빈빈)하니 망월이 운무를 벗어난 듯 짐짓 절대가인이라.

어사가 견필에 마음이 柔柔蕩蕩(유유탕탕)하여 엄연히 문을 열고 들어서며 손을 들어 읍하여 왈,

「소생이 우연히 지나다가 독서성을 듣고 벗을 찾아 들

---

* 돈대 : 조금 높직한 평지.

어왔삽더니, 귀소저 계신 줄을 어찌 알았으리꼬. 소저는 생의 무례한 죄를 용서하소서.」

그 여자가 책을 덮고 일어나 영접하여 왈,

「낭군은 소주 임 상공이 아니시니까.」

어사가 경아하여 황급히 답왈,

「과연 그러하옵거니와 소저는 뉘신데 어찌 소생의 거주·성명을 아시나이까.」

그 여자 답왈,

「첩은 전임 防禦使 趙正鎬의 여자 潤玉이요, 천한 나이 이팔이라. 거야 몽중에 일위 선인이 첩더러 이르되,「명일에 소주 임 호은이 당당히 이곳으로 올 것이니, 그 사람은 그대의 천정가우라」하오매 첩이 일로써 아나이다.」

어사 청파에 대회하여 소저의 옥수를 잡고 가로되,

「소저의 몽조 여차하거니와 생의 몽조 또한 기이하기로 眞僞를 알고자 이르러 당당한 독서성을 듣고 들어왔사오니, 바라건대 생이 대장부 되어 심야에 越牆하여 규수를 엿봄이 군자의 행사가 아니오나, 이는 천정인고로 혐의를 피치 아니하고 여차 曲境*으로 화안을 대하오니 어찌 天緣이 아니리오. 그러나 생의 무례함을 용서하시고 양신을 허송치 못하리니, 錦衾玉體에 향몽을 상접함을 바라노라.」

소저 正襟 대왈,

「낭군은 식이 君子어늘 어찌 첩을 路柳牆花로 알으시나이까. 비록 몽사를 인하여 낭군을 용납하오나 인륜대사는 부모가 주장하시리니, 타일 부모께 고하여 예

─────────────────
*곡경 : 얽히고 해내기 힘든 지경. 몹시 어려운 지경.

를 이룬 후 同室함이 옳삽거늘, 어찌 첩을 이렇듯 輕賤
히 여기시나이까. 만일 핍박함을 당하면 한번 죽기를
아끼지 아니리다.」

어사가 그 행실을 아름답게 여겨 강박치 아니하여 왈,

「소저의 주옥 같은 말씀이 의리에 당연한지라. 생이 비
록 용우하나 어찌 소저의 玉節氷心을 흐리게 하리오마
는 생이 난 중에 부모를 분산한고로 이제 부모의 존
망을 알고자 하여 협서로 가옵나니, 회로써 소저를 권
귀하리니, 소저는 부모께 고하고 생의 회환을 기다리
소서.」

소저가 창파에 척연 왈,

「금일 낭군의 회포는 물어 알 바가 아니로소이다.」

언파에 玉顔花頰에 주루 방방하니, 어사가 그 현심을
탄복하여 또한 비창히 여기더니, 이러므로 金鷄 唱曉하
거늘, 어사 마지 못하여 조 소저를 작별하여 왈,

「소저는 귀체를 보중하여 有信함을 바라노라.」

소저 사례 왈,

「첩이 어찌 백년인들 낭군을 저버리이까. 원컨대 낭군
은 존당을 수이 만나 돌아오실 길에 첩을 잊지 마옵소
서.」

어사가 連聲應諾하고 떠나니, 소저 난간에 나와 보내
며 못내 결연하여 하더라.

어사가 객점에 돌아오니 동방이 미개하였거늘, 곤함으
로 인하여 침누가 雷重하였더니, 문득 선생이 또 와 이
르되,

「조씨를 만나 언약을 정하니 치하하노라. 연이나 금행
에 대로를 버리고 오림 소로로 가면 좌편은 竹林이요,

134

우편은 大澤이라. 대택 중에 백룡이 들었나니, 명일 진
시가 되면 만나리라.」

하고 가거늘, 놀라 깨달으니 동방에 기백이라. 조반을 필
하고 추종을 재촉하여 왈,

「내 이제 다녀갈 곳이 있으니, 너희 등은 이곳에서 기
다리라.」

하고, 홀로 행하여 오림 소로로 가더니 과연 죽림과 대택
이 있거늘 죽림에 숨어 동정을 보더니, 이윽고 일색이 진
시에 이르러 문득 대풍이 일어나며 못물이 끓는 곳에 백
설 같은 말 한 필이 솟아나와 바로 죽림을 향하여 오거늘,
어사가 살펴보니 높기 일장이 넘고 좌우 등에 검은 점이
칠성을 응하였으니 짐짓 백룡의 모양이라.

그 말이 죽림을 향하여 들며 구름과 안개를 토하고 기
운을 飛揚하거늘, 어사가 단삼을 걷고 나는 듯이 달려들
어 갈기를 잡고 올라 앉으며 왈,

「너는 龍驄이라, 어찌 풍맹을 모르는고.」

하니, 그 말이 눈을 들어 이윽히 보다가 비로소 고개를
숙이고 요동치 아니하거늘, 어사가 옥륵을 맺어 끌고 객
점에 돌아와 金鞍을 지은 후 추종을 불러 분부 왈,

「협서 장 한림 집이 이곳에서 삼천여 리라. 여 등은 추
후에 오라.」

하고, 말에 올라 채를 들어 한 번 치니, 그 말이 네 굽
을 딛고 크게 소리하여 구름에 싸여 달리나니, 그 빠르
기가 총알 같더라.

卷之下

화설, 협서 임공 부부가 장 소저의 효봉함을 인하여 일신이 安居하나 주야로 호은을 생각하고 슬퍼하니, 장 소저가 지극 위로하여 정성이 洞燭하매 임공 부부가 그 효의를 감동하여 비회를 강잉하고 세월을 보내더니, 어느덧 삼년이 지나되 아자의 소식이 묘연한지라. 공의 부부 번민하여 식음을 전폐하니, 장 소저 주야 지성으로 위로하매, 공의 부부 슬픔을 잊고 호은을 기다리더니, 일일은 시비 급히 들어와 임 상공의 돌아오심을 고하거늘, 소저 且驚且喜하여 급히 몸을 일으켜 중문 밖에 나와 맞으니라.

차설, 임 어사가 말을 채쳐 협서로 향할새, 빠르기 살 같아 千山萬水가 안전에 벌렸는지라. 兩日之內에 협서에 다다르매, 어사가 상쾌함을 이기지 못하여 장 한림 부중을 찾아 문전에 이르니 풍경이 의연하거늘, 어사가 기뻐 문밖에 이르러 호은의 돌아옴을 통하니, 시비 급히 들어가더니 이윽고 장 소저 급히 나와 맞으매, 어사가 크게 반겨 소저의 옥수를 잡고 별회를 말할새, 소저 일희일비하여 왈,

「상공은 존당이 이곳에 계신 줄 아시고 오시나이까. 구고가 중당에 계시니 들어가 뵈소서.」

어사가 차언을 듣고 如狂如醉(여광여취)하여 연망히 들어가 관을 벗고 계하에 복지 통곡 왈,

「야야와 태태는 불초자 호은이 왔사오니 살피소서. 그 사이 불초자로 인하여 얼마나 간장을 슬퍼 계시며 고초를 몇 번이나 지내어 계시나이까. 이는 다 불초자 호은의 죄로소이다.」

언파에 통곡하니, 임공 부부가 또한 통곡 왈,

「네 짐짓 아자 호은이냐. 능히 분별치 못하리로다.」

하고 서로 통곡하니, 장 소저 함루 위로 왈,

「이제 서로 만나 계시오니 경사이옵거늘 어찌 과애하심이 여차하사 貴體(귀체)를 상하게 하시나이까. 바라건대 구고는 진중하소서.」

임공 부부가 그 정성을 감동하여 울기를 그치고 어사로 더불어 당에 올라 설화할새,

「고생하던 일과 당초 부부가 서로 이별하여 적진에 잡혀가니, 적장이 참모관을 삼으매 마지 못하여 욕을 감수하고 명을 보전하더니, 적진이 패하여 나라에서 적장을 잡으시매, 명을 도망하여 削髮爲僧(삭발위승)하여 다니다가 부인을 만나 너의 사생을 물으니, 적화를 만나 너를 잃었노라 하기로 죽었는가 하여 주야 슬퍼하며 너를 찾

아 사해 팔방으로 다니더니, 하늘이 도우사 이곳에 와 장 소저를 만나 너의 소식을 듣고 몸을 의탁하여 장 소저 지성으로 섬기매, 몸은 편안하나 너를 주야 잊지 못하더니, 오늘날 이렇듯 만남은 장 소저의 덕이로다.」

하고, 양 부인 또한 고락을 이르매, 도적에게 잡혀가 도적이 친합코자 하매 계교로써 탈신한 말과 당초 고생하던 말씀을 세세히 설파하니, 어사가 듣기를 다하매 몸을 일으켜 장 소저를 대하여 칭사 왈,

「생의 불초함을 소저 감당하사 부모를 효봉하시니, 그 은혜를 粉骨碎身하여도 갚지 못하리로소이다.」

소저가 손사 왈,

「부모 공양함은 첩의 소임이어늘 어찌 칭은하시리이까.」

어사가 연하여 고생하던 말씀을 고할새, 당초에 도적이 나무에 매달아 거의 죽게 되었더니, 바람이 불어 나무가 부러져 살아난 일, 전전걸식하여 예주에 이르러 소매의 집에 양자 되어 삼년 양육받던 일, 부모를 찾아 오다가 금화산에 들어가 유수 선생께 공부했던 일, 금화산을 떠나 나오다가 장 소저를 만나 언약하던 일, 경성으로 향하다가 영은사에 들어가 이 승상 이 기일의 여자가 불공 왔기로 우연히 엿보고 병을 얻으매 여차여차하여 이 소저와 언약하던 일이며, 황룡 천승루에 갔다가 임공 장기미애를 만나 가인을 삼고 저에게 의탁하여 등과할 때 문무 장원에 뽑히니, 천자가 사랑하사 한림학사・능현각 태학사・우림장군・대사도・평서도독・예주 자사・병부 상서를 하여 협서・익주 양처의 순무어사 겸 안찰사로 내려온 수말을 자세히 고하고, 이씨를 취한 일과 오다가 조 소저와 언약하던 말씀을 세세히 고한데, 임공이 청파에

변색 왈,

「네 어찌 장 소저를 저버리고 이씨를 먼저 취하느뇨. 우리는 이씨는 알지 못하고 장씨만 아나니, 네 어찌 낯을 들어 장 소저를 대하리오.」

어사가 황공 대왈,

「소자가 비록 불초하오나 糟糠之分義*를 어찌 알지 못하리이까마는 이씨를 취함은 神夢으로 인하여 天意를 순종함이요, 타의가 없사오며 비록 이씨를 먼저 취하였사오나 조강은 장씨오니 어찌 장씨를 저버리이까.」

장 소저 곁에 있다가 차언을 듣고 일어 고왈,

「이 또한 천정이오니, 어찌 전후를 혐의하오리이까. 첩은 일호 구애할 일이 없사오니 복망 구고는 허물치 마시옵소서.」

언파에 사기 온순하니 공의 부부가 더욱 애중해하더라.

어사 이씨의 서간을 장 소저를 준데, 소저 받아 보매, 사의 간절하고 필법이 신묘한지라. 견필에 칭찬 왈,

「필재와 인사 여차하니 그 재질과 덕행이 당시에 무쌍함을 가히 알리로다.」

하고 못내 기뻐하더라.

어사 인하여 택일하니 중추망간이라. 혼수를 차리며 소저 단장을 이루니 아름다운 태도와 정정한 기질이 짐짓 숙녀가인이라. 저근듯 길일이 다다르매 어사 길복을 갖추고 화연에 나아가 奠雁之禮를 마치고 신부로 교배를 필한 후에 물러와 부친을 모셔 인읍 수령으로 즐기고 양 부인을 맞아 즐기니, 그 빛난 영광이 비할 데 없더라.

종일 진환하고 日暮罷宴하니 제객이 각각 돌아가매,

---

*조강지분의 : 조강지처를 존중하고 대우를 해주는 일.

시비 어사를 인도하여 신방에 이르니, 장씨 일어 맞아 좌정하매, 어사 새로운 정을 금치 못하여 즉시 촉을 물리고 소저의 옥수를 이끌어 상요에 나아가 연침하니, 그 繾綣之情이 교칠에 합하더라.

익일 청신에 부모께 신성하니, 부모 반기며 사랑함이 측량없더라. 인하여 장 한림 가묘에 고하고 한림 산소에 소분하니, 그 爲曲한 정을 장 소저 더욱 감사히 여기더라. 임 어사가 장씨로 더불어 부모를 지성으로 봉양하며 부부 相得하더라.

문득 하리·추종 등이 이르렀거늘, 어사 문안 받기를 마치고 인하여 부모 만난 사연을 말하고, 장씨 취한 연유를 장문한 후 물러와 부모를 위로할새, 임공이 어사에게 왈,

「네 이미 국가에 허신하여 국명 받자와 민정을 살피니, 사사는 후에 할 것이어늘, 어찌 부모를 결연하여 국사를 遲緩하느뇨. 바삐 순행하여 민간 질고를 살펴 황상의 바라시는 뜻을 저버리지 말라.」

어사 엄교를 듣자오매 일어 고왈,

「소자가 어찌 국사를 지완하리이까마는 부모를 만나 그리던 정을 이기지 못하여 떠남이 결연함이니, 엄교 여차하시니 명일로 발행하리이다.」

하고, 익일에 하리를 분부 왈,

「아무 데로 탐문하여 아무 데로 모여라.」

하고, 인하여 부모를 하직하고 장씨를 작별한 후 微服을 떨치고 암행하여 府縣을 탐문하여 수령의 賢否를 살피더라.

차설, 임 어사 미복을 떨치고 암행하여 기린현에 이르

러는 경개 아름다움을 인하여 사봉루에 올라 서를 바라
보더니, 풍편에 애원한 곡성이 들리거늘 어사 驚惑 왈,

　「이곳은 변방 무인처라. 어찌 곡성이 있으리오. 필연
　魍魅魍魎의 소리로다.」

하고, 울음소리 나는 곳을 쫓아 내려와 절벽에 은신하
고 살펴보니, 일위 여자 홍상을 부여잡고 하늘을 우러러
왈,

　「桂氏 죄악이 심중하여 쌍친을 조별하고 계모를 만나
　고고한 몸이 천고에 없는 고생을 감심하던 중, 동해수
　를 기울여도 씻지 못할 누명으로 어찌 세상에 偸生하
　리오.」

　언흘에 홍상을 걷어 안고 萬頃滄波에 뛰어드니, 슬프
다. 玉容이 한 번 창파를 쫓아 두어 번 뒤지니 문득 간
곳이 없거늘, 어사 창망히 내려가 구코자 하나 수세가 洶
湧하여 미처 구하지 못하니, 어사 앙천 탄왈,

　「대장부 되어 인명이 非命慘死함을 목전에 보고 구하지
　못하니, 어찌 한심치 아니리오. 내 처음은 水神인가 하
　였더니, 이제 보건대 남의 陰害를 입어 죽은 사람이라,
　어찌 차악치 아니리오.」

하며 차탄 불이하니, 홀연 대풍이 일어나며 물결이 뛰는
곳에 물 속으로서 한 짐승이 그 여자를 등에 지고 급히
솟아 강변에 내치고 물 속으로 들어가거늘, 어사가 대희
하여 급히 나아가 보니 이미 죽었는지라.

　「비록 남녀 유별하나 인명이 지중하니 어찌 구하지 아
　니하리오.」

하고, 나아가 젖은 옷을 끄르고 가슴에 손을 짚어 보니,

백설 같은 살빛에 온기 은은하고 목안에 가는 숨이 완연
하거늘, 즉시 낭중의 회생약을 내어 연하여 삼사차 먹이
니, 온기 완연하여 자주 느끼다가 눈을 떠 보거늘, 어사
물러나 앉으며 왈,

　「낭자는 뉘완데 무슨 연고로 이팔 청춘에 魚腹孤魂이
　됨을 自取하느뇨.」

그 여자가 어사의 물음을 보고 비록 망극 중이나 외
간 남자 대함이 부끄러워 일어나 앉아 고개를 숙이고 생
각하되,

　「차인 나의 급한 명을 구할 제 일신을 혐의 없이 보았
　으리니 참괴치 아니리오. 그러나 제 나의 명을 구코자
　하는고로 남녀 유별을 혐의치 아니함이니, 이는 반드
　시 하늘이 유의하사 나의 명을 구하심이로다.」

이같이 생각하매 부끄러움을 머금고 안서히 대왈,

　「존객은 뉘시완데 이에 이르러 박명한 인생을 구하사
　고생을 다시 보게 하시니이까. 첩은 세상에 버린 몸이
　라 쓸 데 없사오니 구제하신 은혜 도리어 허사인가 하
　나이다.」

언파에 옥안에 두 줄 눈물이 이엄차 흐르거늘, 어사 저
의 가련한 경상을 보매 구곡 간장이 동하는지라. 이에 말
씀을 나직이 하여 왈,

　「생은 경성 선비이옵더니, 마침 이곳을 지나다가 낭
　자의 위급함을 보고 구하고자 하나 미치지 못하고 한탄
　하더니, 하늘이 도우사 물 짐승이 낭자를 구하여 뭍에
　내치매 생이 약으로써 구하였나니, 연이나 생이 어찌
　남녀 유별을 모르리오마는 명이 위급함을 보고 혐의를
　돌아보지 못하였나니, 허물치 마시고 근본을 이르시면

생이 비록 잔약하나 낭자의 窮天之恨을 伸雪*하여 드리
리어다.」

그 여자가 어사의 용모 풍신과 언어 행동이 인인 군자
임을 탄복하여 이에 대왈,
「첩은 本鄕 사람이니, 성은 桂氏요, 이름은 華요, 나이
는 이팔이라. 선세로부터 본향 거족으로 가세가 부유
하더니, 첩의 모친이 기세하시매 부친이 鰥居*치 못하
사 계모 方氏를 취하시니, 방씨 마음이 사나와 첩을 사
랑치 아니하고 항상 모해코자 하되, 부친이 첩을 사랑
하시는고로 임의치 못하옵더니, 가운이 불행하여 수년
전에 부친이 또한 기세하시매, 계모가 가사를 총집하
는고로 시비 방심으로 동력하여 첩을 방춘의 재취로
삼으려 하여 핍박하오니, 첩이 비록 잔약하오나 어
찌 욕을 감심하리이까. 부모 생시에 첩의 팔자를 복자
에게 뵈인즉, 「삼년 고생 후 천정 배필을 만나 부귀를
누리리라」 하매 그 성명을 힐문하온즉, 복자가 이르
되, 「수풀 林자 성에 범 虎자, 숨을 隱자 가진 사람이
첩의 배필이라」 하옵기로 명심하였사온고로 저희 말을
거역하온즉 계모 노하여 첩을 치며 보채더니, 일일은
계모가 음식에 치독하여 첩을 먹이매 즉시 토하오니,
제 말을 전파하되 계모가 발칙하여 스스로 음식에 치독
하고 계모를 잡는다 하오니, 어떤 이는 곧이 듣고 어떤
이는 첩의 애매함을 아는고로 계모가 첩의 죄를 관가
에 고하니, 地縣이 첩을 잡아다가 鞫問하오매 첩이 절
절이 伸冤*하온즉, 지현이 첩의 무죄함을 알고 불쌍히

---

*신설 : 원통함을 풀고 부끄러움을 씻어 버리는 일.
*환거 : 홀아비로 삶.
*신원 : 원통한 일을 품어 버림.

여겨 방석하니, 계모 또 말을 전파하되 계화의 인물이 아름답기로 지현이 사랑하여 중죄를 사한다 하니, 이런 至怨極痛한 일이 어디 있으리오. 이러므로 첩이 청파에 몸을 버려 명백한 귀신이 되려 하였더니, 존객의 구하심을 입사와 잔명을 보전하였나이다.」

언파에 통곡하니 형용이 가긍한지라. 어사 듣기를 다하고 불승경회하여 연망히 나아가 옥수를 잡고 왈,

「낭자는 생의 무례함을 용서하라. 생은 과연 소주 임호은이러니 하늘이 이렇듯 만나게 하심이요, 생으로 하여금 낭자의 지원극통을 신원케 하심이로다.」

하고 계씨를 데리고 秋月庵이란 암자에 이르러 계씨를 머물게 하고, 본현에 들어가 출도하고 官差를 星火發程하여 방씨와 방춘을 捉來하라 하고 교자를 차려 추월암에 보내어 계씨를 모셔오라 하니, 오래지 아니하여 계씨를 모셔 왔거늘, 어사 별당을 정하여 계씨를 머물게 하고 주찬을 보내어 위로하더니, 이윽고 방씨 남매를 결박하여 왔거늘, 어사 형구를 갖추고 방씨를 잡아들여 계하에 꿇리고 국문 왈,

「너는 어떠한 응녀완데 어진 일을 버리고 불의를 행하여 의녀를 무죄히 모해하여 죽게 하느뇨. 이미 너의 죄상을 아나니 일호도 은휘치 말고 從實直告하라.」

하고 執杖使隸를 호령하여,

「한매에 피육이 떨어지게 쳐라.」

하니, 호령이 추상같은지라. 사예 힘을 다하여 치니 불과 일장에 방씨 개개 북초하거늘, 어사 대로하여 斬刑 기구를 차리고 참수하려 하더니, 계씨 비자로 하여금 어사께 전갈 왈,

「방씨 비록 죄 중하오나 첩과 모녀지의 있사오니 첩의
정사를 고념하사 일명을 용서하심을 바라나이다.」
어사 그 효를 감동하여 참형을 감하여 장 일백 후 강
서 해도에 정배하고, 또 방춘은 잡아들여 그 음란 무도
한 죄목을 이르고, 장 일백 후 강남에 정배한 후 창곡을
흩어 백성을 진휼하고 차의를 나라에 啓達하니라.
차야에 어사 계랑을 대하여 가로되,
「그대의 유한을 이제 신설하였나니, 그대는 방심하고
생으로 더불어 백년을 기약하라.」
낭자가 몸을 일어 사례 왈,
「첩을 위하여 여차 신설하시니, 상공의 은혜 태산 같사
온지라. 첩이 어찌 상공의 巾櫛을 받듦을 게을리하리
이까.」
어사 차야에 계씨로 더불어 동침하니 그 은정이 여산약
해하더라.
이튿날 교마를 갖추어 장 한림으로 보낼새, 부친께 상
서하고 계씨더러 일러 왈,
「협서에 나의 부모와 장씨가 있으니 그대는 그곳에 돌
아가 나의 回還함을 기다리라. 장씨는 賢哲淑女니, 그
대의 고혈함을 주렴하여 후대하리라.」
계씨 하직하고 협서로 향하니라.
차설, 협서 장 소저 어사를 보내고 구고를 지효로 봉양
하며 어사 돌아오기를 기다리더니, 일일은 기린현 관이
이르러 어사의 서간을 드리고 계 낭자 모셔옴을 고하거
늘, 임공 부부 아자의 서간을 보고 못내 반겨 시비를 맞
으니, 계씨 홍군취의로 시비를 따라 들어와 존당께 뵈옵
고 물러 장씨께 뵈옵거늘, 장씨 그 자색과 옥용을 보고

146

크게 기뻐 집수 문왈,

「낭자의 정사는 상공의 서간으로 알았거니와 옥창에
도화 몇 봄이나 지냈느뇨.」

계씨 공경 대왈,

「첩의 천한 나이는 십육세로소이다.」

장씨 일로부터 지극 애대하니, 임공 부부 또한 사랑하
더라.

계씨 장씨의 현철함을 心服暗喜하여 존당을 효봉하고
장씨를 지극 공경하니 그 어진 덕이 가중에 진동하더라.

차설, 임 어사 계씨를 보낸 후, 협서 일도를 순무하여
백성을 무휼하고 장 한림 집으로 돌아올새, 본읍 자사와
인읍 수령들이 관복을 갖추고 어사를 호위하여 들어오니,
旌旗飄逸하고 白旄黃鉞은 일색을 희롱하며 풍악소리 산
천을 움직이니 어사의 위엄을 가히 알러라.

행하여 장부에 이르니, 차시 양 부인이 장씨와 계씨를
거느리고 누상에 올라 어사의 위의를 바라보며 칭찬 왈,

「불민한 노신이 살았다가 아자의 여차한 영광을 보니,
이제 죽어도 한이 없으리로다.」
하시니, 장씨와 계씨 또한 기뻐하더라.

어사 들어와 부친께 뵈옵고 물러 모친께 뵈오니, 부모
못내 기뻐하며 장씨와 계씨 어사를 대하여 예로 맞이하고
행역을 위문하며 구고의 대덕을 일컬으니, 어사 별회를
혼연히 위문하더라.

이윽고 자사와 지부현이 예단을 갖추어 문에 이르러 임
공께 뵈옴을 청하거늘, 공이 즉시 외현에 나와 영접·예
필에 각각 좌를 정하니, 자사 지부현 등을 거느려 배례
하거늘, 공이 손사 왈,

「노신은 백면서생이거늘 이렇듯 위대하시니 황공함을
이기지 못하리로소이다.」
어사가 그 부친을 모셨는지라. 공이 어사를 명하여,
「낙봉연을 배설하라.」
하고 자사 등으로 더불어 즐기다가 일모 파연하매, 자사
등이 어사 부자를 하직하고 각각 돌아가거늘, 어사가 장
차 상경코자 하더라.

각설, 천자가 임 호은을 협서 어사로 보내시고 회보를
기다리시더니, 어사의 장문을 보시매 부모 만난 사연과
장씨 취한 사연이며, 기린현 방녀의 남매가 발칙하기로
각각 장 일백하여 정배한 연유를 주달하였거늘, 상이 남
필에 대희하사 칭찬 왈,
「임 호은은 짐짓 忠孝兼全한 자로다.」
하시고 칙교하사 왈,
「임 호은이 그 부모를 만나 돌아온다 하니 경성에 집이
없을지라, 이 승상 집을 연하여 삼백 칸의 집을 짓되
일삭 내에 필역하라.」
하시니, 工曹官이 황명을 받자와 시역하여 일삭 내에 필
역하니, 朱欄畫棟과 粉壁紗窓*이 皇宮에 비할레라. 상이
친필로 각각 현판에 당호를 쓰시고 밖 대문에 쓰시되,
「輔國崇祿大夫 兵部尚書兼都御史 忠烈衙門」이라 하시고,
조정에 하교 왈,
「임 호은은 벼슬이 중신에 거하니, 그 부모를 어찌 서
생으로 두리오.」
하시고, 임 준일로 左閣老 魏國公을 봉하시고 양 부인으
로 貞敬夫人을 봉하시고, 이씨로 貞烈夫人, 장씨로 恭烈

---

*분벽사창 : 하얗게 꾸민 벽과 깁으로 바른 창이라는 뜻.

夫人을 봉하시며, 임 호은으로 大都督을 더하시고 미애로 안부인을 봉하시고, 예관으로 하여금 封妃職牒과 教旨*를 보내시니 예관이 황명을 받고 주야로 내려가니라.

차설, 이씨와 미애가 직첩을 받아 北向四拜하고 떼어 보니 봉비직첩이라. 천은을 축사하고 구고의 돌아오심을 기다리더라.

각설, 임 어사가 경사로 올라오고자 하여 장 한림 사당과 계씨 부모의 사당을 한가지로 모셔 오게 하고, 장 한림 집은 노복을 맡겨 장 한림의 산소에 춘추로 제향하게 하고 발행코자 하더니, 문득 예조관이 이르러 직첩과 유지를 드리거늘, 임공 부자가 북향사배하고 떼어 보니 위국공 대사마의 유지와 봉비직첩이라. 일가가 천은을 축사하고 어사가 부모를 모셔 상경할새, 소관 열읍이 至迎至待하니, 그 위의의 장려함이 비할 데 없더라.

어사가 기주 땅 용주관에 전령하되,

「하처는 조방어사 댁으로 정하라.」

하니, 관인이 분분히 조 지현의 집에 와 하처를 정하니, 차시 조공이 방어사를 마치고 집에 돌아왔더니, 본부 아역이 하처함을 보고 이상히 여겨 부인을 대하여 왈,

「내 전일 임 호은을 아는 바가 없거늘 어찌 관사를 버리고 내 집에 하처를 정하는고.」

하며 의혹하여 하더라.

차시 조 소저가 임 어사가 온다는 말을 듣고 내심에 헤아리되,

「임 어사가 옴은 반드시 나를 眷率코자 함이로다. 이 때를 당하여 어찌 부모께 고하지 아니하리오.」

---

*교지 : 임금의 전지(傳旨).

하고, 부모의 앞에 나아가 고왈,

「소녀가 차시를 당하여 어찌 부모께 진정을 고하지 아니하리오. 전일 임 어사와 여차한 언약을 정한고로 이제 임 어사가 이곳으로 옴은 소녀를 찾아 옛맹세를 이루려 함인가 하나이다.」

조공이 청파에 발연 변색하고 대로 질왈,

「네가 법을 알지 못하고 사부가 규녀 몸으로 부모를 속이고 외간 남자를 유인하여 더러운 행사를 행하여 나의 가법을 어지럽히는다. 내 임 호은을 알지 못하나니 너는 문 밖에 나가 있다가 임 호은을 따라가고, 내 눈에 보이지 말라.」

소저가 감히 머리를 들지 못하고 청죄 왈,

「소녀의 천정한 죄 죽어 마땅하오나 소녀가 비록 저를 대하오나 정약은 천정이요, 옥절빙심은 조금도 흐리온 바가 없나이다.」

조공이 익로하여 꾸짖어 왈,

「바삐 물러가고 내 눈에 뵈이지 말라.」

하니, 소저가 침소에 돌아와 한탄 왈,

「내 팔자가 가장 기박하도다. 장차 어찌 써 부친의 마음을 돌이키게 하리오.」

하더라.

차야에 조공이 일몽을 얻으니 일위 선인이 구름을 타고 내려와 이르되,

「호은과 윤옥은 천정가우이니 그대는 천의를 위월치 말라.」

하거늘, 놀라 깨달으니 침상일몽이라. 내심에 의아하더니, 문득 거마 복종이 나열하여 어사의 위의 이르거늘,

조공이 관복을 갖추고 나아가 어사 부자께 뵈온데, 어사가 혼연히 위로하고 부중에 들어가 좌정하니, 양 부인은 두 자부를 데리고 내당으로 들어가더라.

임 각로가 지현을 대하여 가로되,

「돈아가 영애 소저로 일찍 정맹이 있다 하매 이에 이르러 秦晉의 好緣을 맺고자 하나니, 명공은 사양치 말고 쾌락함을 바라노라.」

조공이 어사를 살펴보니 짐짓 영웅 호걸이어늘 처음에는 그 심사를 알지 못하고 여아를 엄책하였더니, 금일 비로소 어사를 보매 대장부이어늘, 이에 공수 대왈,

「소인이 용렬한 여식이 있사오나 어찌 성문에 합당함을 바라리이까마는 하념하심이 여차하시니 어찌 존당을 역하리이까.」

인하여 시비로 하여금 소저를 불러 구고께 뵈라 하니, 소저 단장을 정히 하고 외당에 나와 임공을 뵈온 후 중당에 들어가 양 부인을 뵈옵고 장·계 이인으로 예를 마치매, 장씨 눈을 들어 보니 아름다운 기질이 요요절절하여 절대가인이라. 이에 사랑하여 옥수를 잡고 우애함이 동기 같으니, 조 소저가 황감히 여기더라. 이에 택일하니 춘삼월 상순이라. 교배례를 행하니 신랑의 늠름한 풍채와 신부의 아름다운 기질이 요요정정하여 칭찬 않는 이 없더라.

차일 조 소저의 폐백을 받들어 구고께 예를 행하고 날이 늦으매 물러 침소로 돌아오니, 어사 침방에 이르러 소저를 대하여 왈,

「귀대인이 회심하심이 없었더면 속절없이 구름을 지을 뻔하였도다. 이제 옥안을 대하니 어찌 생의 복이 아

니리오.」

소저가 羞態*를 머금고 低頭無言하니, 어사 인하여 촉을 물리고 취침코자 하거늘 소저가 사양 왈,

「금일은 구고와 존부인이 첩의 집에 계시니 마땅히 구고를 모실 것이요, 상공을 모시지 못할지라. 원컨대 상공은 외헌으로 나아가사 존구를 시침하소서.」

언파에 몸을 일어 내당으로 들어가거늘, 어사 옳게 여겨 외헌으로 나가 숙침한 후, 익일에 조 소저로 더불어 雲雨之樂을 이루니, 그 은정이 더욱 새롭더라.

이러구러 일순이 되어 어사 치행하여 조 소저를 권귀하니, 소저 부모 떠남을 결연하여 옥안에 주루 방방하여 홍상을 적시거늘, 부모 위로하여 경계 왈,

「여자가 장성하면 구고를 따름이 상사거늘, 어찌 길사에 이렇듯 슬퍼하리오. 너는 비회를 두지 말고 구고를 孝奉하며 가부를 承順하고 동렬과 화목하며 비복을 인의로 부려 부모께 어진 이름이 미치게 하라.」

소저가 엄훈을 듣잡고 교자에 오르니, 조 지현이 멀리 나와 각로 부자를 전별하더라.

차설, 임 어사 길에 올라 일삭 만에 경성에 이르니, 이 승상이 십리 밖에 나와 각로 부자를 맞이하고 조정 대소 관원이 주찬을 갖추어 각로 부자를 영접하니, 그 위의 비할 데 없더라.

어사 말에서 내려 악부께 현알하니, 승상이 부모 만남을 치하하며 국사를 선치하고 무사히 돌아옴을 하례한 후 각로를 맞아 예필에 행역을 위문하니 각로가 칭사하더라.

어사가 滿朝 公卿으로 희배를 마친 후 인하여 각로 부

＊수태 : 부끄러워하는 태도.

자가 궐하에 나아가 사은하온데, 상이 반기사 위로 왈,

　「경이 한번 서쪽으로 향하매 백성의 기리는 소리가 원근에 가득하고, 겸하여 부모를 만나 영화로이 돌아오니 어찌 아름답지 아니리오.」

하시고, 또 각로를 위유하사 왈,

　「경의 고초함은 짐이 이미 들었거니와, 짐이 불명하여 경으로 하여금 십년 고초를 겪게 하였도다. 경이 어진 자식을 두어 짐의 보필을 삼으니 공이 적지 아니하도다.」

하신데, 각로가 돈수 주왈,

　「천은이 망극하와 우충한 자식의 몸에 厚祿*·重爵*이 외람하옵고, 하물며 소신은 초야의 필부이옵거늘 촌공도 없이 중작을 받자오니 과분하와 황공함을 이기지 못하옵나니, 직첩을 還收*하시면 至願이로소이다.」

상이 흔연하사 왈,

　「짐이 호은 보기를 수족같이 하나니, 어찌 소소 작록을 일컬을 바이리오. 어진 자식 둔 아비 작록 받음이 떳떳하거늘 뉘 감히 시비하리오. 경은 安心勿辭하라.」

각로가 재삼 고사하되 상이 終不允하시니, 부득이 사은 숙배하고 부자가 물러나와 이 승상 집으로 돌아오니, 부인 행차가 이미 이르렀더라.

　차시 이씨와 미애 見舅姑하는 예를 행할새, 進退動容이 법도 가직하고 유한정정한지라. 구고가 애중하며 부부·부자가 일시에 모여 지난 바의 고초하던 일과, 이렇듯 부귀한 말씀을 탐탐 설화하매 비희 교집하더라.

---

*후록 : 두터운 봉록(俸祿).
*중작 : 중요한 작위(爵位).
*환수 : 남의 손에 넘어간 것을 도로 거두어 들임.

인하여 천자가 사급하신 집으로 옮겨 각각 처소를 정할새, 각로 부부는 정당 淑烈堂(숙렬당)에 처소하시게 하고 장씨는 明月閣(명월각)에, 이씨는 仁孝閣(인효각)에, 조씨는 迎春閣(영춘각)에, 미애는 花角亭(화각정)에, 계씨는 素蓉亭(소용정)에 각각 처하게 하니, 모든 당이 서로 상용하였더라.

날마다 숙렬당에 모여 구고를 모시고 즐기다가 날이 늦으면 각각 처소에 돌아와 禮記(예기)를 講論(강론)하고 날이 밝으면 단장을 정히 하고 구고께 신성하니, 제인이 화목하여 일가에 화기가 춘풍 같더라.

일일은 장 부인이 구고께 양모 모녀를 같은 당에 거처함을 여쭈니, 각로가 옳게 여겨 일가에 동처하게 하니, 현경 부인이 가로되,

「승상 양위 요적하신고로 이곳에 처하여 위로코자 하나이다.」

부인이 섭섭히 여겨 왈,

「부인의 은혜를 생각하온즉 산고해박한지라 어찌 일시나 떠나게 하리오.」

현경 부인이 손사 왈,

「첩이 무슨 은혜 있사오리까. 부인의 여차 위자하심을 받으매 도리어 수괴함을 이기지 못하리로소이다.」

하고 인하여 이 승상의 문과 連通(연통)하여 왕래하니, 임 각로 부자의 부귀함을 따를 자가 없더라.

임공 부자가 盡忠報國(진충보국)하며 상서 부모를 효봉하고 이 승상 부부와 양모 모녀를 지성으로 섬기니, 그 가중의 화목함이 일국에 으뜸이러라.

차설, 천자가 한 공주를 두어 계시니, 이름은 荊玉(형옥)이요, 나이 십칠세라. 천자가 지극히 사랑하사 정정 공주

를 봉하시고 옥인 군자를 택하여 부마를 정하고자 하시나 마땅한 곳이 없어 연기 장성하기에 이르렀더라.

천자가 임 호은의 雄才大略을 사랑하사 부마를 간택코자 하시나 이미 삼처를 두었으매 부마를 정하지 못하시더니, 일일은 왕후가 천자께 공주의 연기가 장성함을 여쭈온데, 상이 가라사대,

「후가 말씀을 아니시나 짐이 어찌 염려치 아니리까마는 조신 중에 여아의 배필 될 자가 없는고로 달리 간택코자 하나이다.」

후가 왈,

「첩은 듣자오니 병부상서 임 호은은 당시 영웅이라 하오니, 호은을 간택함이 마땅할까 하나이다.」

상 왈,

「짐이 이미 알았으나 호은이 이미 삼처 이첩을 두었으니, 어찌 여아로 하여금 사취를 삼으리오. 이러므로 간택치 못하나이다.」

후가 왈,

「제 이미 삼처를 두었으니 족히 혐의할 바가 없는지라. 수일 전에 첩이 일몽을 얻었사오니, 서쪽으로서 서기 몽롱하며 일위 선관이 내려와 계화 일지를 주며 이르되, 「이 꽃이 비록 무색하나 금분에 심어 두면 장래 쓸 곳이 있으리니 부디 심어 두라」 하오매, 첩이 받아 들고 돌아오더니, 그 곁에 한 소년이 섰다가 그 꽃을 빼앗아 가옵거늘, 첩이 놀라 깨달은즉 한 꿈이라. 심내에 애닯아하옵더니, 거야에 첩이 여아를 데리고 후원 모란정에 올라 월색을 구경하고 돌아오매, 곤함을 이기지 못하여 枕邊을 의지하여 잠간 졸다가 또 일몽

을 얻으니, 문득 천문이 열리며 옥제가 여섯 선녀와 한 소년 선관을 명하여 칙교하사 왈, 「너희 칠인은 인간에 나아가 부부 되어 복록을 누리다가 한이 지난 후 부름을 인하여 올라오라」 하시고 육선녀에게 육개 구슬을 나누어 주시니, 육선녀가 받아 가지고 돌아올새 그 곁에 섰던 선관이 내달아 탈취하여 가지매, 첩이 다시 보온 즉 전일 몽중에 계화 빼앗던 소년이라. 첩이 분함을 이기지 못하여 그 선관을 붙들고 꽃을 내라 하온즉, 그 소년이 이르되, 「나는 풍맹이라. 후일에 자연 알 일이 있으리라」 하옵고 소매를 떨치고 표연히 가오매 놀라 깨달으니 침상 일몽이라. 이러므로 인간에 여섯 선녀 육처에 생장하고, 그 선관은 임 호은인가 하옵나니, 폐하는 임 호은을 불러 子號(자호)를 물어 보시고, 만일 풍맹이라 하옵거든 내전으로 보내시면 첩이 저희 면목을 보고자 하나이다. 비록 몽중사이오나 그 면목이 지금까지 안면에 벌였나이다.」

상이 청파에 외전에 나아가 즉시 宣傳官(선전관)을 명하사 임 호은을 명초하시니, 임 상서가 조명을 듣고 즉시 옥계하에 추진하온데, 상이 가라사대,

「짐이 알고자 하는 일이 있기로 경을 불렀나니, 경의 자호를 무엇이라 하느뇨.」

상서가 복지 주왈,

「신의 자호는 풍맹이로소이다.」

상이 후의 말씀을 신기히 여기사 즉시 옥반에 계실을 담아 상서를 주시며 왈,

「경은 이것을 가져다가 내전에 드리라.」

하시니, 상서가 천의를 알지 못하고 두 손으로 받자와 가

지고 내전에 들어가 내시로 낭랑께 주하니, 황후가 누각에 올라 주렴을 드리우고 임 호은의 가져온 계실을 받고 명하여,

「머물라.」

하신데, 상서가 황공하여 금관을 숙이고 섰으니, 황후가 주렴 안에서 자세히 살펴보시매 과연 전일 몽중에 보던 선관이 분명하고, 거동이 씩씩하여 당세의 영웅이요 만고 호걸이라. 후 대경 대희하여 옥패 일쌍을 사급하시며 왈,

「경은 물러가라.」

하시니, 상서 사은 하직하고 돌아와 천자께 복명하고 물러나오매, 내심에 헤아리되,

「이는 반드시 나로 부마를 정코자 하시는도다. 정정 공주는 비록 천정이나, 그러나 저는 金枝玉葉이니 황녀로 交門謀人하여 가내를 어지럽게 하면 어찌 불행치 아니리오.」

하더라.

차설, 상서 집에 돌아와 부모께 뵈온데, 부모 명초하신 연고로 물으시거늘 상서 대왈,

「이는 가법에 유익한 일이 아니니이다.」

하고, 인하여 황상이 자호를 물으시던 말씀과 황후 낭랑히 옥패를 사급하시던 일을 고하여 반드시 부마로 유의하심을 세세히 고하온데, 각로가 왈,

「공주 현숙하면 행이어니와 불연즉 너의 家道 어지러울까 두려워하노라.」

상서 대왈,

「군은은 예로부터 집을 어지럽히는 근본이라. 이러므로 기탄하나이다.」

하고, 물러 외현으로 나오니라.

이날 천자가 내전에 들어가사 후를 대하여 물으시되,

「금일 임 호은을 보건대 어떠하더니이까.」

후 왈,

「첩이 전에 폐하께 주하온 말씀과 어김이 없사오니, 폐하는 수이 택일하여 대례를 이루게 하소서.」

상이 또한 희열하사 즉시 승전관을 보내사 임 각로 부자와 이 승상을 명초하신데, 삼인이 조복을 갖추고 궐하에 추진하니, 상이 칙교하사 왈,

「짐이 일찍 공주를 두고 부마를 간택하려 하나니, 경 등은 지식이 고명한고로 물으려고 청하였나니, 경 등은 가합한 자를 천거하여 짐심을 즐겁게 하라.」

하시니, 각로와 승상은 다만 지식이 천박함을 이를 따름이요, 상서 고두 주왈,

「이는 국가 대사이오니 연분이 있어야 부마가 되오리니, 조정 제신 중 아름다운 이를 가려 정하심이 마땅하여이다.」

상이 가라사대,

「경은 연소하나 지식이 유여하니 한 곳을 가려 주하라.」

상서가 다시 주하지 못하고 물러남을 고하온데, 상이 가라사대,

「경은 가합한 곳을 골라 명일 조회에 주하라.」

상서 부복·청명하고 물러나오니라.

상이 각로와 승상더러 이르시되,

「짐의 뜻이 경의 아들에게 있나니, 경은 물러가 짐의 뜻을 경의 아들에게 전하고 다시 청탁치 말라.」

각로 주왈,

「폐하의 성교가 마땅하오나, 신의 자식이 이미 삼처를 두었사오니 어찌 금지옥엽으로 사취를 정하오리까.」

상이 미소하사 왈,

「짐이 짐작하는 바이니 비록 공주나 어찌 버금을 혐의하리오. 경은 고사치 말라.」

하시고,

「빨리 돌아가 혼구를 차리게 하라.」

하신데 각로 다시 주하지 못하고 집에 돌아와 이 사연을 호은더러 이르니, 상서 불열하나 마지 못하여 혼구를 차리더라.

천자가 事天監(사천감)을 명하사 길일을 택하라 하시니, 納采(납채)는 사월 초팔일이요, 奠雁(전안)은 동월 망간이라.

이러구러 길일이 다다르매 천자가 기구를 차려 부마를 맞고자 하실새, 예조에 칙교하사 상연 기구를 차리라 하시고, 이에 길일이 당하매 상서가 길복을 갖추어 입고 정정궁으로 향하니, 머리에 구룡관을 쓰고 몸에 육릉홍금단설능의를 입고, 허리에 야자금띠를 띠고 열두 병부를 차고 금안백마에 언연히 앉아 백옥홀을 쥐고 완완히 나아오니, 도로 구경자가 칭찬하되, 천상 신선이 하강하였다고 하더라.

상서가 정정궁에 이르니, 삼백 시녀가 칠보 단장으로 오색 채화를 들고 상서를 모셔 교배석에 나아가 화촉 사이로 홍안을 전하고 신부가 나오기를 기다리더니, 이윽고 향연이 애애하며 수백 시녀가 공주를 옹위하여 나아오니, 공주가 칠보 단장에 비취단삼을 붙이며 백화홍금상에 진주명월패를 차고 봉미단운혜를 끌고 나아와 향연에 이르니, 추천명월이 구름 속에서 나오는 듯, 부용화가 밤비를 갓 지나 조양을 떠었는 듯 월궁항아가 인간에 내림 같더라.

이윽고 향풍이 홍구를 부치며 공주 양산을 들어 신랑께 예하거늘, 신랑이 팔을 들어 답례하고 합환주를 나눈 후, 수백 시녀 일시에 낭랑한 소리로 만복을 부르더라.

이윽고 내전에서 대연을 배설하고 천자께서는 삼공육경과 만조백관을 거느려 즐기시며, 황후는 비빈과 조정 命婦를 청하여 즐기시니, 그 영광이 비할 데 없더라.

상서가 대례를 마치고 궁중에 머물러 공주와 더불어 운우지락을 마치니, 그 견권지정이 산고해박하더라.

익일 청신에 공주와 한가지로 황상과 황후께 조현하온대, 천자와 황후가 기쁨을 이기지 못하사 신랑 신부의 차등이 없음을 萬口稱讚하시더라.

이러구러 삼일이 지나매, 見舅姑·拜祠堂하는 예를 행코자 하여 이에 위의를 차려 한가지로 돌아와 치행할새, 부마가 공주와 위의를 갖추고 구고가로 돌아오니, 진주금정에 구슬발을 드리웠으며, 수백 시녀 녹의홍상으로 앞에 나열하여 홍군취삼이 바람에 나부껴 비하건대 明沙十里에 해당화가 붉었는 듯, 도로 관광자가 칭찬 않는 이 없더라.

행하여 임부에 이르매, 공주가 교자에 내려 연석에 나아가 조율을 받들고 구고께 현알하고 가묘에 배알한 후, 양모 현경 부인께 예하고 연석에 나아가 제부인께 예하고, 양낭자에게 예를 받은 후 좌정하매, 양 부인과 이씨 장씨며 두 낭자 등이 공주를 살펴보니, 유한정정하여 일세에 무쌍이라. 모두 기뻐 종일 진환하고 일모 파연하매, 공주의 처소를 芙蓉亭에 정하니라.

이튿날 상이 조씨로 仁敬夫人(인경부인)을 봉하시고 네 부인과 두 낭자 각각 白璧(배벽) 일쌍씩 상사하시고 내시로 하여금 부인 직첩을 가려 좌를 정하실새, 장씨로 元夫人(원부인)을 봉하시고, 이씨로 次夫人(차부인)을 봉하시고, 조씨로 三夫人(삼부인)을 봉하시고, 정정공주로 四夫人(사부인)을 봉하시고, 두 낭자는 각각 전후차를 정하고, 임 호은으로 부마도위를 더하시니, 제부인이 각각 향연을 배설하여 천은을 축사하더라.

수일 후 중당에 소연을 배설하고 양 부인이 이 승상 부인과 현경 부인으로 더불어 네 자부와 두 낭자를 거느려 좌석을 정할새, 정정공주를 청하여 상좌를 정하라 하니, 공주가 사양 왈,

「첩의 위에 장 원비 계시니 첩이 어찌 감히 당돌히 상좌하리이까. 하물며 성상이 차서를 정하여 계시거늘, 첩이 어찌 참월하리이까. 말석에 좌하리이다.」

장·이·조 세 부인이 가로되,

「첩 등은 신하의 여자요, 옥주는 황상의 귀중하신 몸이 옵거늘, 첩 등이 어찌 상좌하오리까.」

공주가 대왈,

「첩이 비록 궁중에서 생장하였사오나 인의와 예법을 잠깐 살피옵나니, 어찌 권세를 빙자하여 가법을 난하오리이까.」

하며 굳이 사양하니, 장씨가 마지 못하여 상좌하고 버거는 차례로 좌정하니, 공주가 잔을 들어 존당과 한 부인께 드리고 또한 제부인께 드려 왈,

「첩이 궁중에 처하여 번화함을 보지 못하였삽더니, 금일 존당과 열위 부인의 애휼하심을 입삽고 성화를 관광하오니 평생 영행이로소이다.」

제부인이 손사 왈,

「옥주는 황후낭랑의 사랑하시는 귀한 몸이옵거늘, 폐사에 왕림하사 첩 등의 비박함을 버리지 아니시고 여차 후대하시니 황공하와 처신무지로소이다.」

하니, 공주가 칭사하더라.

정경 부인이 공주를 향하여 치사 왈,

「옥주가 귀체를 굴하여 궁중을 버리고 누사에 왕림하여 노신의 누추함을 따라 괴로움을 감심하시니 不勝惶恐하여이다.」

공주가 재배 왈,

「여자가 장성하면 구가를 따름이 상사이옵거늘 어찌 부모 슬하에 종신하오리까. 존당의 무애하심을 입사오니 황공감사하여이다.」

하니, 정경 부인이 칭사하더라.

종일 진환하고 일모도원하매 각각 침소로 돌아오니라.

공주가 구고를 효봉하고 동열을 화목하니, 어진 이름이 진동하더라.

임 부마가 한 달에 십일을 장 부인 침소에 숙소하고, 십일은 삼부인과 양 낭자 침소에 숙처하고 십일은 부친을 모셔 시침하니, 각로 부중이 화기가 가득하고 천총이 융숭하니, 간신 등이 엿보고 시기하여 임 각로 부자를 모해코자 하더라.

일일은 樞密使 楊處相과 謝美遠·謝日輔 등이 서로 모두 각로 부자를 해하기를 의논하여 왈,

「전일 秦王이 우리에게 글을 보내어 방산 선우영을 달라 하였으니, 천자께 이 사연을 진달할진데 황제가 반드시 진노하사 허치 아니실지라. 이른즉 여진이 반드

시 호국으로 더불어 합력·기병하여 천조를 범할지라. 호국 대장 호사호와 달통·장운기·돌통은 천하 영웅이요, 여진 왕은 만부부당지용이 있다 하니, 아 등이 어찌 대적하리오. 이제 호국 선우를 연방 방산을 주고자 하면 임 호은은 당시의 영웅이라, 다시 천자를 혹하여 싸우자 하고 허치 아니할 것이니, 아 등은 호국과 통간한 자로 임 호은의 손에 죽을지라. 이제 임 호은 부자를 먼저 죽인 후에 글월을 비밀히 호왕께 보내어 여차여차하라 하고, 이리하여 천자로 도모하여 치고 아 등이 권세를 잡아 이름을 천추에 유전함이 쾌하리라.」

양 처상 왈,

「연즉, 임 호은을 어찌 처치하리오.」

사 일보 왈,

「내 전일 송 이주의 문서를 상고하니 임 준일의 이름이 들었으니, 이때를 타 임 호은을 모해함이 마땅하나 천자가 임 호은을 사랑하시니 아 등이 실로써 고한즉 천자 반드시 곧이 듣지 아니하시고 아 등을 그르다 하실 것이니, 일을 이루지 못하고 도리어 임 호은의 해를 입을 것이니 어찌하면 가할꼬.」

양 처상 왈,

「禮部尚書 朴知根은 임 호은으로 더불어 교제 조밀한 중, 임 호은이 병부상서로 권을 잡았으니, 박 지근의 필체와 호은의 글씨를 얻어 모습한 후, 서간을 만들어 밤으로 왕복하다가 거짓 순라군에게 잡혀 조 상표에게 보내어 여차여차하면 아 등이 그 서간과 송 이주의 문서를 가지고 조회에 들어가 이리이리하면 임 호은이 어찌 피할 수 있으리오.」

사 일보 등이 청파에 대회하여 왈,

「이 계교 가장 마땅하니 빨리 행하리라.」

하고, 각각 돌아와 계교를 도모하더라.

이때 임 상서가 여러 날 입직한고로 병을 얻으매, 병 장을 올리고 조리할새, 상이 크게 우려하사 어의를 보내어 치병하라 하시니, 어의가 연락하여 치병하더라.

이때 양 처상이 임 호은의 병든 때를 타 어의 陳相允을 보고 수말을 일러 왈,

「그대는 명일 임 호은의 병을 보고 여차여차 황상께 주 달하라.」

하니, 진 상윤이 양 처상의 권세를 두려 해를 입을까 염 려하는고로 응낙하고 임 부마 부중에 이르러 간병하고 돌아와 양 처상을 본데, 처상이 당부 왈,

「명일 조회에 황상이 임 호은의 병세를 물으시거든 이 리이리 대답하라.」

하고, 조 상표에게 통하여 여차여차 순졸 엄책하여 박 지 근의 사환이 임 호은의 집으로 왕래하는 때를 타 약차약 차 국문하라 하더라.

차시 박 지근이 임 상서의 병을 근심하여 날마다 서로 왕래할새, 하루는 창두가 서간을 가지고 밤에 오다가 순 라군에게 잡히니, 창두가 꾸짖어 왈,

「나는 박 상서 댁 창두라. 서간을 가지고 임 상서댁으 로 가거늘, 여 등이 어찌 이렇듯 하리오.」

순라군이 답치 아니하고 창두를 잡아 조 상표에게 드 리니, 상표 문왈,

「너는 어찌 범야하였느뇨.」

창두가 대왈,

「소인은 박 상서 댁 창두러니, 서간을 가지고 임 상서 댁으로 가다가 잡힌 바 되었나이다.」

상표 서간을 올리라 하여 두세 번 보다가 글씨를 모습한 후 도로 봉하여 창두를 주어 보내니, 창두 돌아와 임 상서께 드리니, 부마가 서간을 보고 즉시 회답하여 주는지라. 창두가 받아 가지고 돌아가다가 또 순라군에게 잡혀 사 일보에게 뵌데, 일보가 문왈,

「너는 어찌 범야하였느뇨.」

창두가 사연을 고하고 서간을 드리니, 일보가 서간을 받아 이삼차 보다가 글씨를 또한 모습한 후 놓아 보내고 조 상표에게 기별하여 박 지근의 글씨 모습한 것을 가져와 양인의 위조 서간을 만들어 양 처상에게 보내니, 처상이 서간을 받아 수장한 후, 이튿날 조회에 들어가 천자께 주왈,

「신이 수일 전에 임 호은을 가본즉 병이 대단치 아니하옵고 거짓 칭병하오며, 신더러 이르되,「당금에 국가가 어지러우니 문을 닫고 나지 아니할 때라」하옵고, 또 진 상윤더러 무슨 말을 비밀히 하니, 그 일은 알지 못하고 돌아와 진 상윤더러 묻자온즉 은휘하오니 심히 수상하온지라, 폐하는 진 상윤을 명초하사 하문하소서.」

상이 의혹하사 즉시 진 상윤을 불러 임 호은의 병세와 하던 말을 물으시니, 상윤이 고두 주왈,

「신이 임 호은의 병을 보온즉 실병이 아니라 탁병이러이다.」

상이 우문 왈,

「호은이 경더러 무슨 말을 하더뇨.」

상윤이 주왈,

「다른 말씀이 아니오라 호은이 이르되, 「여러 번 공을 이루었으되 황상이 낮은 벼슬을 주시고 한 곳 땅을 베어 봉치 아니시니, 공을 이루나 무익한지라 내가 몸을 빼어 산중에 들어가 힘을 빌어와 몸을 현달케 하리라」 하더이다.」

상이 청파에 대로 왈,

「연즉 호은이 無識匹夫로다.」

하신데, 사 일보가 주왈,

「호은이 병권이 있는 벼슬을 구하오나 그 뜻을 알지 못하리로소이다.」

양 처상이 문득 품속에서 한 권의 책을 내어드리며 왈,

「역적 송 이주의 문서에 호은의 아비 임 준일의 이름이 들었사오니, 복원 성상은 살피소서.」

상이 전필에 대로 왈,

「호은이 진실로 簒逆을 도모하는도다. 경은 다시 살펴 밤으로 왕래하는 자의 진위를 자세히 알아 주하라.」

하신데, 문득 예부상서 박 지근이 출반 주왈,

「폐하가 어찌 임 호은 같은 충신을 의심하사 간신의 말을 믿으시니까.」

양 처상이 주왈,

「박 지근도 임 호은과 동심이오니 바삐 국문하소서.」

지근이 瞋目 叱曰,

「여 등이 충신을 찬역으로 해코자 하니, 하늘이 어찌 두렵지 아니하랴. 내 이제 너희놈의 고기를 먹고 죽으리라.」

양 처상이 다시 주왈,

「박 지근이 여차하오니, 임 호은이 반드시 군을 발하여 반할까 하나이다.」

상이 분노하사 박 지근을 아직 금부로 가두라 하시고 양 처상 등을 물러가라 하시니, 사 미원 등이 물러와 상의 왈,

「이때를 타 임 호은을 없애지 못하면 아 등이 도리어 죽으리로다.」

하더라.

차시 임부 창두 맹 기홍이 이 일을 알고 돌아와 고왈,

「예부상서 박 노야가 여차여차하여 노야를 위하여 신원하다가 양 처상의 함해를 입어 금부에 갇혔나이다.」

부마가 청파에 대로하여 상소코자 하더니, 문득 바람이 크게 일어나며 잡았던 종이가 찢어 버려지거늘, 부마가 괴히 여겨 점복하여 한 괘를 얻으니, 심히 불길하여 大厄이 목전에 있거늘, 양천 탄식 왈,

「자고로 충신이 소인의 참소를 입는다 하였거니와, 어찌 이렇듯 하리오.」

하고, 즉시 부모께 사 미원·양 처상 등이 성총을 가려 모해함을 고하니, 각로 부부와 일가 상하가 대경 황황하거늘 공주가 분열 왈,

「첩이 이제 궐내에 들어가 이 사연을 신설하고 간신 등을 없이코자 하나이다.」

부마가 만류 왈,

「이는 하늘이 주신 재앙이라, 어찌 천의를 거역하리오. 옥주는 수고를 허비치 마소서.」

하고, 인하여 양모 모녀를 돌아보아 왈,

「우리 이제 불의의 대환을 당하였으니 죽으려니와, 양

모와 양매는 어찌 무죄로 죽으리오. 바삐 고향으로 내
려갔다가 우리가 죽었다 하거든 시체나 거두어 매장하
여 주소서.」

하고, 황금 일천 냥을 주며 바삐 가라 하니, 현경 부인
모녀가 이 말을 듣고 망극하여 嗚咽悲泣(오열비읍) 왈,

「우리만 어찌 살라 하며, 이렇듯 가라 하시느뇨. 이곳
서 한가지로 죽고자 하나이다.」

부마가 왈,

「우리가 죽으면 가묘를 누가 있어 모시리오. 양모는 슬
퍼 말고 가묘를 모셨다가 우리 일체로 향화를 끊지 마
소서. 요행 천일을 만나 살아오면 다시 뵈오리니, 슬퍼
말고 일이 급하였으니 바삐 내려가소서.」

하고, 두 집의 가묘와 장 한림과 계 낭자 부모의 사당을
함께 보낼새, 장 부인과 계씨 그 부모의 가묘를 보내매
방성통곡하니, 그 형상을 차마 보지 못할러라. 현경 부인
모녀 천지 망극하나 여러 묘위를 모셔 고향으로 가니라.

이날 부마가 장신부적을 써서 부모와 승상 부부와 육
개 처첩과 비복 등을 각각 한 장씩 맡겨 옷깃 속에 감추
어 어려운 일을 면하게 하고 외당에 거하여 천명을 기
다리더라.

이튿날 양 처상과 사 일보 등이 위조 서간을 만들어 천
자께 드려 왈,

「신 등이 임 호은의 간정을 잡았사오니 폐하는 바삐 호
은의 부자를 잡게 하소서.」

상이 그 서간을 보시니, 임 호은의 글씨와 박 지근의
필적이라. 글의 사연이 나라를 비방하여 찬역코자 하는
글이어늘, 상이 남필에 익노하사 왈,

「바삐 준일 부자를 잡아들여라.」

하시니, 양 처상 등이 수명하고 羽林將軍 胡連洙를 불러
왈,

「그대는 우림군 삼백을 거느려 임 호은의 집을 둘러싸
고 호은의 머리를 베어 오라.」

호 연수가 청령하고 갑옷을 갖추고 군사를 거느려 임
부를 둘러싸고 연수가 큰 칼을 들고 바로 각로 부자에게
달려들어 베고자 하였더니, 홀연 공중에서 철갑 입은 신
장이 내려와 방천극을 들어 칼을 막으며 꾸짖어 왈,

「군명이 아무리 엄혹한들 네 어찌 이렇듯 방자하리오.
각로 부자는 송국 충신이어늘 네 감히 충신을 해치려
하는다.」

언파에 연수를 잡아 문밖에 내치고 문득 간 데 없는지
라. 연수가 황급하여 칼을 던지고 땅에 엎드려 애걸 왈,

「황명이 급하오니 바라건대 각로 부자는 어명을 순종
하소서.」

각로 부자가 왈,

「신자가 되어 어찌 군명을 거역하리오. 그대는 우리 부
자의 몸을 결박하라.」

연수가 바야흐로 각로 부자를 결박하여 돌아와 황상께
임 준일 잡아 온 사연을 주달하온데, 천자가 承政殿에 어
좌하시고 형구를 갖춘 후 각로 부자를 잡아들여 계하에
꿇리고 수죄 왈,

「짐이 너의 부자를 박대함이 없거늘 무엇이 부족하여
찬역을 도모하느뇨. 以實直告하라.」

임 부마가 고두 주왈,

「신의 부자가 다만 군상만 아옵고 충성을 다하여 성은

을 만분지일이나 갚고자 하였더니, 이렇듯 죄상이 나
타났사오니 무슨 말씀을 주달하오리까.」

상이 크게 꾸짖어 가라사대,

「가난한 도적이 무엇을 발명코자 하느뇨.」

하시고, 좌우를 호령하여 각로 부자를 올려 매고 치라 하
신데, 執杖武士(집장무사)가 힘을 다하여 칠새, 삼백여 장을 치되
각로 부자는 조금도 상하는 곳이 없고 형장소리만 산
천이 뒤눕는 듯하니, 상이 더욱 대로하사 집장을 갈아 엄
히 칠새, 팔백여 장에 이르도록 집장 소리만 날 뿐이요,
각로 부자는 조금도 상하는 데 없는지라.

상이 할일없어 각로 부자를 투옥하라 하시니, 옥리 조
지를 받자와 각로 부자를 전위옥에 가두고 물도 주지 아
니하니, 어찌 명을 보전하리오마는 황건역사가 조석으
로 왕래하며 진미성찬을 갖추어 각로 부자를 공궤하니,
각로 부자는 황건역사를 볼 수 있으나 타인은 알지 못하
더라.

임 부마가 또 부적을 써서 공중에 날려 禁衛府(금위부)로 보내
니, 이에 紅衣童子(홍의동자)가 내려와 珍羞盛饌(진수성찬)을 갖추어 금위부
로 가서 모든 부인을 위로하니, 이러한 조화를 타인이 어
찌 알리오. 옥졸 등이 사 일보 등의 촉함을 듣고 부인들
을 백가지로 곤욕하나 부인 등이 조금도 어려운 일이 없
으나 다만 모자·부부가 서로 얼굴을 보지 못하니 어찌
슬프지 아니리오.

차시 천자가 임 호은 부자를 사옥에 가두시고 장차 논
죄코자 하시더니, 양 처상 등이 천자께 주왈,

「폐하 이제 호은을 죽이지 아니하시면 養虎遺患(양호유환)*이리

---

*양호유환 : 화근을 길러 근심을 산다는 말.

오니 바삐 처참하소서. 이제 그 잔당이 밖으로 왕래한 다 하오니 불구에 환이 있을지라. 어찌 두렵지 아니리 이까.」

천자가 옳게 여기사 임 각로 부자에게 사약을 내리라 하시니, 사 미원 등이 조지를 받자와 약완을 가져 사옥에 이르러 어명을 전하고 약기를 들이니, 각로 부자가 사배 하고 약완을 받아 마시는지라. 사 이원이 사약한 연유를 상께 주하온데, 상이 칙교 왈,

「임 호은의 시수를 베어 천하에 회시하라.」

하시니, 黃門(황문)이 칙지를 받자와 사옥에 이르러 각로 부자 가 죽은가 하고 들어가 보니 각로 부자가 태연히 앉았거 늘, 中使(중사)가 대경하여 약완 다시 전하매, 각로 부자가 여 전히 받아 마시니, 이는 진실로 마심이 아니요. 황건역사 가 연하여 치되, 중사 보는 데는 천연히 마시는지라. 이 튼날 중사가 다시 들어와 보니 부자 안색을 불변하고 앉 았거늘, 중사가 더욱 경황하여 계속 삼차를 먹이되 죽 지 아니하는지라. 할일없어 이 사연을 주달하온데, 천자 가 대경하사 마음에 생각하되,

「아무리 죽이고자 하나 하늘이 구하시니 이는 가장 괴 이한 일이로다. 일로 미루어 볼진대, 임 호은 부자의 무죄함을 가히 알지라. 그러나 저희 죄상이 이미 탄로 하였으니 무단히 사치 못하리라.」

하시고, 각각 減死定配(감사정배)하라 하시다.

차시 모든 부인이 옥중에 갇혀 조명을 기다리더니, 문 득 사약하시는 조명을 듣고 가슴을 두드려 앙천통곡함을 마지 아니하시더라.

이때 정정 공주가 운심궁에 갇혔더니, 문득 시비가 들

어와 각로 부자에게 사약 내리심을 고하거늘, 공주가 망극하여 가슴을 두드려 통곡하다가 손을 깨물어 혈서를 써 가지고 가둔 문을 박차고 내달으니 감히 막을 자가 없는지라. 공주가 머리를 흩어 낯을 덮고 임문에 이르러 문을 두드리며 크게 고함 왈,

　「신첩 형옥은 죽기를 무릅쓰고 폐하께 상서를 아뢰나이다.」

하고, 문을 열고 돌입하니, 군졸 등이 감히 막지 못하더라.

　공주가 바로 전전에 들어와 표를 올리고 엎드려 통곡 왈,

　「폐하가 어찌 임 호은 같은 충신을 죽이고 후일에 간신에게 천하를 잃고자 하시나이까.」

　공주 언파에 호곡하니, 형용이 참담하나 국법은 사정이 없는지라. 상이 좌우를 호령하사 공주를 잡아 부용전에 가두고 수직하여 나오지 못하게 하니, 공주가 다만 통곡하며 죽기를 기다리더라.

　황후가 비록 모녀간이나 국사를 당하여 사정을 통하지 못하는고로 다만 한탄할 뿐일러라.

　이때 상이 공주의 상소를 불지르시고 죄인 등을 각각 논죄하실새, 박 지근은 雲南으로 정배하고 임 호은은 江陵 絶島에 정배하고, 장 부인은 洛陽縣에 정배하고 정정공주는 襄陽縣에 안치하고, 이 승상은 削脫官職하여 江西에 정배하고 임 각로는 康州에 정배하고 기타는 차례로 논죄한 후 임 호은의 가산을 몰수하여 호부에 넣고 각각 재촉하여 보내시니, 박 상서의 가속과 임·이 두 가속이 강변에 나와 설장하고 붙잡으며 모녀·노주가 서로 이별할새, 흐르는 눈물이 강수를 보태니　그 가련한 형상

은 차마 보지 못할레라.

부마가 공주를 향하여 칭사하고 장·이·조 삼부인과 양 낭자 등을 당부하여 보중함을 일컫고, 길을 떠나 각각 적소로 가니라.

차설, 임부의 창두 맹 기홍은 용맹이 있는지라. 내심에 생각하되,

「이제 노주가 다 죽으면 후일 누가 있어 원수를 갚으리오. 내 비록 천인이나 산중에 은신하였다가 시절이 편안하거든 양 처상·사 미원·사 일보 등을 죽여 노야의 원수를 갚고 죽으리라.」

주의를 정하고 산중으로 향하더니, 부마가 정배 감을 듣고 도중에 나아가 부마를 모시고 강릉 절도에 가니 이곳은 무인 절도라. 해수가 양양하여 가를 보지 못하니 세상 소식이 망연하더라.

부마가 맹 기홍으로 더불어 서로 의지하여 세월을 보내더니, 이제 사 미원·양 처상 등의 임 호은 부자를 내치고 국권을 잡아 聖聰(성총)을 가리웠으니, 국사가 날로 어지러워옴에 충량이 점점 물러가거늘, 처상 등이 의기 양양하여 장차 찬역을 꾀하더라.

각설, 이때는 建弘 元年 秋七月(건홍 원년 추칠월)이라. 여진이 모반하여 호국과 합세하여 오십만 대군을 거느리고 중원을 범코자 할새, 호사호로 대원수를 삼고 기 돌통·장 운간으로 좌우 선봉을 잡고, 달 세통·황 비회로 좌우익을 삼고 여진왕이 스스로 중군이 되어 호호탕탕히 송국을 향하니, 정기 폐일하고 걸극이 상설 같으니 금고와 함성이 천지 진동하고 살기 등하여 수백리에 연하였더라.

각도 군현이 望風歸向(망풍귀향)하니, 한 달이 못 되어 방산·선우

영 등 삼십여 성을 항복받고 檄書(격서)를 써서 송국에 보내어 승부를 결하자 하니, 천하 대란하여 백성이 離散奔走(이산분주)하고 적세 호대하여 형세 태산 같더라.

이적에 천자가 제신을 모아 국사를 상의하시더니 문득 서관장의 장문이 올라왔거늘, 개탁하시니 여진이 모반하여 대병 백만을 거느리고 중원을 침노하여 방산 등 삼십여 성을 쳐 앗고, 선우영에 이르러 성을 웅거하고 장차 도성을 침범코자 하니, 그 형성 태산 같다 하였거늘, 상이 남필에 대경하사 좌우 제신을 돌아보아 왈,

「짐이 일야에 꺼리는 것은 북적이러니, 이제 여진이 모반하여 지경을 침범하니, 경 등은 묘책을 생각하여 적병을 물리치게 하라.」

제신이 또한 개구하여 일언을 못하더니, 문득 양 처상이 출반 주왈,

「호국 대장 호 사호·기 돌통·장 운간·달 세통·황 비회 등 사장은 지용이 유여하여 만부부당지용이 있다 하오니 돌연히 파치 못할지라. 이제 아국에 대적할 장수가 없사오니, 폐하는 싸우지 말고 화친하여 사직을 안보함만 같지 못할까 하나이다.」

언미필에 대장 鄭滈益(정호익)이 출반 주왈,

「양 처상의 奏틀(주언)이 국가를 위함이 아니라 제 몸만 돌아보는 말이오니, 복망 폐하는 바삐 기병하사 파적케 하소서. 어찌 오랑캐에게 굽히리이까.」

상이 정 호익의 말을 쫓으사 본부 병마 십만을 조발하여 천자가 친정하실새, 양 처상으로 대원수를 삼고 정 호익으로 선봉을 삼고, 朴馬豊(박마풍)으로 부선봉을 삼고 陳文伯(진문백)으로 진동장군을 삼고, 상이 스스로 중군이 되어 행

군하실새, 사미원으로 도성을 지키게 하고 진발하시니, 龍
旌鳳旗는 바람에 표불하고 백모황월은 일광을 가리우니,
만승천자의 위엄을 가히 알레라.

　각설, 송천자가 수천 제장과 오십만 웅병을 거느려 세
달 만에 방산·선 우영에 이르러 호병을 만나 대진하여 격
서를 적진에 보내고 자웅을 결코자 하더라.

　이때에 양처상을 보고 생각하되,

　「적세 호대하니 어찌 대적하리오. 내 호왕에게 글을 보
　내고 계교를 행하여 천자로 하여금 스스로 항복케 하리
　라.」

하고 은밀히 글을 전하니, 호왕이 이미 양처상으로 內應
을 삼았는고로, 저희 글을 보고 대회하여 회답하여 보내
고 명일 양진이 접전할새, 양진이 진문을 대기하고 방포
일성에 호진 선봉장 기 돌통이 녹포은갑에 순금 투구를
쓰고 장창을 들고 대완마를 내몰아 외쳐 왈,

　「우리 이미 송국을 반이나 얻었으니, 누가 능히 우리
　를 대적하리오. 송의 진중에 우리를 대적할 자가 있거
　든 빨리 나와 자웅을 결하라.」

하니, 문득 송 진 중에서 방포 일성에 일원 대장이 큰 칼
빗겨들고 내달아가니, 거기 장군 胡連忠이라. 말을 내몰
아 크게 꾸짖어 왈,

　「무도한 오랑캐 천시를 알지 못하고 감히 천조를 침노
　하며, 네 감히 큰 말을 하는다.」

하고, 맞아 싸워 수합이 못 되어 기 돌통이 연충을 찔러
말에서 내리치고 陣前에 橫行하거늘, 송진에서 연충의
죽음을 보고 통 철골이 대로하여 내달아 기 돌통을 취하
니, 돌통이 맞아 싸워 불과 수합에 돌통의 창이 빛나며,

통 철골의 머리 마하에 내려지니, 적장이 더욱 승세하여
송진을 향하여 크게 꾸짖어 왈,
  「송제는 무죄한 장졸을 죽이지 말고 빨리 항복하여 천
  하를 반분하게 하라.」
하니, 천자가 대로하사 좌우를 돌아보아 왈,
  「누가 능히 도적을 잡아 짐의 욕을 풀어 주리오.」
하시니, 송진 제장이 감히 나가 싸울 자가 없는지라. 상
이 앙천 탄왈,
  「임금에게 욕이 미치되 일인도 도적을 파할 자가 없으
  니 어찌 사직을 안보하리오.」
대원수 양 처상이 진전 주왈,
  「폐하는 어찌 도적의 무도한 욕을 보시니이까. 이제라
  도 땅을 베어 화친을 청하여 사직을 안보함만 같지 못
  하여이다.」
하고 재삼 간권하니, 천자가 대로하사 왈,
  「짐이 차라리 죽을지언정 어찌 개 같은 도적에게 먼저
  화친을 청하리오. 경은 괴로운 말을 다시 말라.」
하시니, 양 처상이 천자의 뜻이 이렇듯 노하심을 보고 내
심에 불쾌히 여겨 가만히 글을 호왕에게 보내어 왈,
  「송제 종시 화친할 뜻이 없으니 금야 가만히 군사를 거
  느려 송진을 겁탈하면 천자 반드시 나로 하여금 막으
  라 할 것이니, 이리이리하여 천자를 겁막하라.」
하였거늘, 호왕이 양 처상의 글을 보고 喜不自勝하여 십
여 원 명장과 십만 웅병을 불러 이리이리하라 하고 약속
을 정하니라.
  각설, 호왕이 밤 들기를 기다려 송진을 겁탈코자 하여
우·양을 잡아 모든 장졸을 犒饋하고, 의갑을 단단히 결

속하며 사람은 銜枚*하고 말은 방울을 떼고 약속하기를 마친 후, 호왕이 친히 기 돌통·장 운간 등 십여 원 명장을 거느려 송진에 이르니, 송국 군마가 다 잠이 깊이 들었거늘, 방포 일성에 일시에 등불을 들고 사면으로 돌입하여 송진을 엄살하니, 송진 장졸이 삼경 첫 잠에 不意之變을 만나매 미처 손을 놀리지 못하여 호왕의 칼이 이는 곳에 송진 장졸의 머리가 秋風落葉이라. 천자가 창황하여 양 처상으로 막으라 하시니, 양 처상이 청령하고 군사를 지휘하여 앞을 막더니, 문득 뒤에서 벽력 같은 소리 나며 일원 대장이 급히 들어와 천자의 탄 말을 넘어뜨리니, 옥체 飜身落馬하는지라. 호왕이 천자가 낙마하심을 보고 군졸을 지휘하여 천자를 둘러싸고 항복하라 하거늘, 양 처상이 급히 들어와 천자를 보호하고 주왈,

「일이 급하였사오니 땅을 베어 화친하소서.」

천자가 할일없이 즉시 방산·선우영 이북을 베어 화친을 청하니, 호왕이 知親*하는 글을 보고 즉시 병을 물려 돌아가니, 천자가 또한 군사를 거두어 留陳*하고 통곡 왈,

「짐이 눈이 있으나 동자가 없어 충량을 알지 못한 죄로 내가 이 욕을 당하니, 누구를 한하리오.」

하시며 백번 후회하시니, 제장이 눈물을 아니 흘리는 이가 없더라.

양 처상이 천자의 이렇듯 노하심을 보고 자기의 사적이 탄로날까 두려 극히 천자를 해코자 하여 거짓 위로 왈,

「폐하는 용체를 보중하소서. 이는 하늘이 재앙을 내리심이니 어찌 한하리이꼬. 명일 신이 호진에 나아가 호

---

* 함매 : 옛날 행진(行陣)할 때에 떠들지 못하도록 하무를 물리던 일.
* 화친 : 나라와 나라 사이의 친밀한 교의(交誼).
* 유진 : 어떤 곳에 군사를 머물러 둠.

왕을 보고 개유하여 양국이 서로 화친케 하리이다.」
하고, 이튿날 처상이 호진에 이르러 호왕께 뵈옴을 청한
대, 호왕이 진문을 열고 맞아들이니, 양 처상이 호왕께
예를 하고 호왕을 부촉하여 왈,

「천자가 나의 일을 반이나 아시니, 반드시 대화가 미
칠지라. 이제 천자를 유인하여 天羅地網*에 여차여차
하여 없이한 후, 대왕이 천자 위에 거하시고 날로 하
여금 福地를 봉하시면 이것이 好色之德이 아니리이까.
내 돌아가 천자를 개유하여 연석을 배설하고 대왕을 청
할 것이니, 대왕은 저곳에서 천자를 보고 다만 방산·
우영만 달라 하시고 화친을 청하시면 내 또한 천자를
여차여차 권할 것이니, 천자가 반드시 허락하실지라.
그러한 후는 돌아와 대연을 베풀어 회사하노라 하고 송
제를 청하면 송제가 의심하고 아니 오려고 할 것이니,
내 이리이리 권하여 여차여차 행할진대, 제 어찌 벗어
나리오.」
호왕이 청파에 대희 왈,
「이 계교 정히 내 뜻과 합하나 명일 제장을 거느려 저
곳에 나아가 송진 제장의 재주를 구경하자 하고 우리
장수와 재주를 겨뤄 보고자 하오니, 수일 후 연석을 베
풀게 하라.」
양 처상이 응낙하고 돌아와 천자께 꿇어 왈,
「신이 저곳에 이르러 두어 말로 호왕을 개유하여 저로
더불어 화친하자 하고 폐하의 말씀을 전하온즉, 호왕이
신더러 이르기를,「명일 이곳에 이르러 양진 제장의 재
주를 겨루어 지는 편이 항복하리라」 하더이다.」

---

*천라지망 : 피하기 어려운 재액을 일컫는 말.

　천자가 들으시고 더욱 불열하시더라. 익일 호왕이 사자를.보내어 천자께 통하되,

「금일 양진 제장의 재주를 구경하리라.」

하니, 천자가 마지 못하여 진문을 열고 서로 재주를 겨룰새, 정철 오천 근을 마련하여 먼저 용력을 시험할새, 호왕이 먼저 기 돌통을 명하여 차례로 들라 하니, 기 돌통이 삼천 이백 근을 들고 달 세통이 이천 오백 근을 들고, 장 운간은 삼천 근을 들고 황 비회는 사천 근을 들고, 기타 제장은 각각 일천 근을 드는지라. 송진 제장이 이 거동을 보고 더욱 놀라 한 사람도 들 자가 없는지라.

　천자가 정 호익을 명하사 들으라 하시니, 호익이 겨우 일천 백 근을 들고, 기타 제장은 혹 오백 근 혹 백 근을 드는지라. 호왕이 더욱 승승하여 또한 射法^{사 법}을 시험할새, 일백 오십 보 밖에 적은 포기를 달고 홍심을 미치라 하니, 호진 제장이 각각 궁시를 차고 차례로 쏠새, 기 돌통은 사중을 하고 달세통은 일중을 하고, 장 운간은 오중을 내리고 황 비회는 삼중을 하고, 기타 제장은 각각 일이중씩 다 하는지라.

　송진 제장이 또한 궁시를 차고 차례로 쏠새, 정 호익이 삼중을 하고 기타 제장은 맞추지 못하니, 천자가 호진 제장의 여차한 재주를 보시고 더욱 분노하시나 할일 없어 사자를 보내어 화친할 뜻을 통하시니, 호왕이 대소하고,

「후일 회보하리라.」

하고, 사자를 돌려보낸 후 제장을 거느려 돌아오니라.

　양 처상이 천자께 주왈,

「신이 일전에 호왕을 보니　제가 말을 하는데, 폐하가

연석을 배설하시고 한번 청하시면 대국의 음률을 구
경코자 하오니, 폐하는 연석을 배설하시고 저를 청하
사 마음을 위로하소서.」

상이 부득이 말씀하시되,

「대연을 배설하라.」

하시고, 사자를 보내어 호왕을 청하니, 호왕이 위의를 버
리고 다만 기돌통·장운간·달세통 세 장수만 데리고 송사
를 따라 송진에 이르니, 천자가 진문을 열고 호왕을 청
할새, 양 처상이 외어 왈,

「호왕은 다만 삼장수만 데리고 들어오고 기여는 들어
오지 말라.」

하니, 호왕이 초초히 들어오기 미안한 체하고 삼장만 데
리고 들어와 천자께 예하고 빈주로 분좌한 후 호왕이 천
자께 고왈,

「소왕이 평생에 대국의 음률을 한번 구경코자 하옵더
니, 이제 폐하가 연석을 배설하시고 청하사 애휼하시
니 황공함을 이기지 못하리로소이다.」

천자가 가라사대,

「짐이 불명함으로 왕의 소원을 쫓지 못하였더니, 금일
왕을 대하매 심히 참괴하도다. 왕은 짐의 허물을 웃지
말고 양국이 화친하여 예같이 하고자 하나니, 왕은 짐
의 바라는 뜻을 저버리지 말라.」

호왕이 손사 왈,

「소왕이 다만 바라는 바는 방산·선우영이라. 폐하는 이
두 곳을 주시면 즉시 병사를 파하고 돌아가 내내 천은
을 감축하리이다.」

천자가 응낙하시고 인하여 풍악을 주하며 종일토록 즐

기고　차야를 한가지로 지내신 후 이튿날 호왕이 천자께
하직 왈,

　「이제 양국이 화친하였사오니 어찌 다른 뜻이 있으리
　까. 금일 폐하의 愛恤之恩을 입고 돌아가오니, 폐하는
　한번 소왕의 營中에 왕굴하사 대국 위엄을 빛내심을
　바라나이다.」

천자가 응낙하시고 호왕을 보내시니, 호왕이 영중에 돌
아와 제장을 불러 분부 왈,

　「과인이 금일 송진에 간 것은 거짓 화친을 청하고 계
　교를 쓰고자 함이니, 너희들은 방심치 말라. 이제 송제
　를 청하여 어복포에 가두고 여차여차하여 중원을 도모
　코자 하나니, 제장 등은 비밀히 준비하였다가 다만 송
　제를 유인하여 이리 오거든 성문을 닫고 장사 일천을
　매복하였다가 겹겹이 싸고 잡인을 들이지 못하게 하라.」
하더라.

　차설, 호왕이 성문 내외에 군사를 매복하고, 인하여 대
연을 배설한 후 글을 써서 보내어 송제를 청하니라.

　천자가 호왕의 글을 받아 보니 기서에 왈,

　「여진왕 호달은 글을 받들어 폐하께 올리옵나니, 전일
　폐하의 후의를 입고 돌아오매 지금까지 성은을 잊지 못
　하는지라. 비박한 연석을 베풀고 사자를 보내오니, 복
　원 폐하는 왕굴하심을 바라나이다.」
하였거늘, 상이 남필에 묵묵하시다가 좌우를 돌아보고 가
라사대,

　「이제 호왕이 연석을 배설하고 짐을 청하였으니, 가기
　도 위태롭고 아니 가기도 난처하니 어찌하여야 좋을꼬.
　경 등은 양책을 각각 이르라.」

대장 정 호익이 주왈,

「호왕이 청함은 실로 폐하를 공경함이 아니오니, 폐하 어찌 龍潭虎穴^{용 담 호 혈}에 들어가사 그 간계를 마치고자 하시나 이까. 신의 어린 소견에는 가심이 만만불가하여이다.」

문득 양 처상이 내달아 정 호익을 꾸짖어 가로되,

「조그마한 혈기를 믿고 남을 경히 여겨 불길한 말을 발하여 양국이 서로 화친케 되었거늘, 네 감히 대사를 그르치게 하는고.」

천자를 권하여 왈,

「폐하, 정 호익의 우직한 말을 신청하사 아니 가시면 호왕이 더욱 의심하여 힘을 다하여 치고자 하오리니, 여차한즉 우리 장졸은 이미 호왕의 용맹을 보고 鋭氣^{예 기} 摧折*^{최 절}하여 호진 바람만 크게 불어도 두려워하오니, 어찌 이런 장졸의 힘을 가지고 호병을 대적하리이까. 천우신조하와 저희와 화친함을 얻었거늘, 지식 없는 무장의 말을 신임하시리이까. 폐하는 정 호익을 먼저 참하시고, 호진 연석에 참례하사 장졸의 성명을 구제하시고 송조 기업을 보전하옵소서.」

상이 오히려 의심하사 결치 못하시니, 사마 양 찬영과 사 일보 등이 주왈,

「폐하, 어찌 양 처상의 주사를 불청하사 신 등으로 하여금 머리 없는 귀신이 되게 하시며, 億兆蒼生^{억 조 창 생}의 塗炭^{도 탄}을 생각지 아니하시니이까. 이제 만일 호왕의 청함을 인하여 가지 아니하시면 호왕이 어찌 잠잠하리이까. 복원 상은 국가를 편안케 하옵소서. 일진 장졸이 호왕의 용맹을 보고 두려워하는고로 정 호익을 원망하나이다.」

---

*최절 : 좌절(挫折).

천자가 마지 못하사 호사를 따라 호진으로 갈새, 양 처
상이 대진을 지키고 아장 수십원을 거느리고 호진에 이
르시니, 수문장이 막아 왈,

「우리 대왕도 송진에 가실 제, 삼장만 데리고 들어가
계시니, 폐하도 삼장만 데리고 들어가소서.」

천자가 할일없이 삼장만 데리고 들어가시니, 호왕이
천자를 맞아 성에 들매, 일시에 사문을 닫고 복병이 일어
나 사면으로 에워싸니, 몸에 날개 있어서도 능히 벗어나
지 못할레라.

송진의 제장은 성 밖에 숙소하고 바라볼 따름이라. 슬
프다, 나라에 충신이 없고 간신이 집권하며, 임 호은 같은
충신을 모르시고 간언을 신청하사 현신을 放逐*하시고, 저
양 처상 같은 소인 등을 근시케 하시니 어찌 한심치 아니
리오. 이러므로 송제의 自取之患이 죽으나 누를 한하리
오. 천자가 호왕의 천라지망에 들었으니 사생이 경각에
있는지라. 송 천자의 생명이 어찌된고. 하회를 보고 알
지어다.

각설, 병부상서 겸 부마도위 임 호은이 창두 맹 기홍
을 데리고 강릉 절도에 가니, 만첩 심산에 연무가 둘러
있고 해수가 양양하여 가를 보지 못하니 고향 소식이 망
연한지라. 다만 맹 기홍에게 무예를 가르쳐 왈,

「이는 장부의 할 바라. 이제 내 비록 곤란하나 후일
반드시 천자가 찾으심이 있으리니, 너는 무예를 힘써
배웠다가 세상에 나가 간신 사 이원 등을 베어 원수를
갚고 鳳翼을 받들어 사직을 안보하여야 장부의 행사니
라.」

____

*방축 : 쫓아냄.

184

하며, 孫吳兵書와 六韜三略을 가르치고 각종 무예를 전수하니, 맹 기홍은 본래 용력이 과인한 위인이라. 부마의 가르침을 명명히 수습하니, 그 웅재대략이 특출하더라.

어시에 임 부마가 遠浦歸帆과 翻翻白鷗로 벗을 삼아 세월을 보내며 조정사와 부모처자의 존망을 몰라 주야 염려하여 마음에 잊지 못하더니, 일일은 고국 소식을 알고자 하여 점복하여 일괘를 얻으니, 古木이 逢春이라 하였거늘, 부마가 다시 천자의 존망을 알고자 하여 일괘를 얻으니「托鳳翼이라」하였는지라. 대경하여 사생유무를 알고자 하여 일괘를 지으니「終不明朝라 必有短劍이라」하였거늘, 부마가 대경 왈,

「국가에 충량이 없고 간신이 작란하여 국가가 분란하도다.」

하고, 몸을 일으켜 밖에 나아가 천기를 살펴보니 여진이 반하여 본지를 떠났거늘, 부마가 대경 의혹하여 다시 제성을 살펴보니, 과연 여진왕의 주성이 중원 서역에 비추어 중성을 범하며, 적성이 살기를 띠어 자미성을 둘렀으니, 광채 희미하여 愁雲이 끼었는지라. 부마가 대경하여 즉시 맹 기홍을 깨워 행리를 수습하라 하며 왈,

「내 이제 천문을 보니 간신 등이 내응이 되어 천자를 핍박하여 천자의 명이 朝暮에 급하였도다.」

하고, 점복한 말과 천기를 살펴본 말을 이르고, 장차 고국에 돌아가 천자의 急禍를 구할 뜻을 이르고 강변에 나와 객선을 기다리더니, 문득 수상에서 옥저소리가 나며 일엽 소선이 나는 듯이 오거늘, 부마가 반겨 크게 불러 왈,

「강상의 객선은 바삐 와서 길 막힌 사람을 구제하라.」
하니, 순식간에 청의 동자가 그 배를 언덕에 대고 가로
되,
　「소동은 유수 선생의 명을 받아 상공을 모시러 왔나
　이다.」
하고 오르기를 청하거늘, 부마가 대희하여 선생의 편부
를 물으며 후의 치사하고, 맹 기홍을 불러 말을 이끌어
오르려 하니, 동자 왈,
　「이 배는 범인이 오르지 못하나니, 상공 외에는 이곳
　에 두시고 상공만 오르소서.」
　부마가 말을 가져 기홍에게 맡겨 왈,
　「너는 이곳에 있어서 내가 돌아오기를 기다리라.」
하고 배에 오르니, 동자가 배를 놓고 옥저만 불되, 배
가기가 살같이 하여 편시에 대해를 건너 한 곳에 이르니,
동자가 옥저를 그치고 배를 언덕에 대며 내리라 하거늘,
부마가 배에서 내려 언덕에 오르니 동자가 앞을 인도하
는지라. 부마가 동자를 따라 절벽 사이로 들어가며 살펴
보니 이곳은 금화산이라. 구일 경색이 의구하더라.
　차시 유수 선생이 수삼 선인과 반석 위에 앉아 바둑을
회롱하다가 부마를 보고 판을 밀치고 반겨 가로되,
　「풍맹은 그 사이 부모를 만나고 육선녀를 취하여 부귀
　를 누리고 이에 이르니 반갑도다.」
　부마가 선생의 얼굴을 보니 반가움을 이기지 못하여
급히 나아가 재배하고 존후를 묻자온 후, 모든 선관을 향
하여 예하니, 선생이 흔연히 차를 내어 권왈,
　「송 천자의 명이 경각에 있으니 그대는 바삐 방산·선
　우영으로 가서 구하라. 마침 줄 것이 있기에 청하였노

라.」

하고, 동자를 명하여 옥함을 가져오라 하여 한 벌의 갑주
를 내어 주며 왈,

「이 갑주는 인간에 없는 보배라. 입으면 몸이 날래고
풍운이 일어나 만리를 能見하며, 겸하여 창검이 들지
못하고 수화를 만나도 평지같이 행하나니, 이로써 공
을 이루라. 이것은 雲霧甲이요, 투구는 眞珠五龍珠니
라.」

부마가 사배하고 갑주를 살펴보니, 인갑이 용의 비늘
같아 은하 물결이 바람을 만난 듯이 황금 투구에 오룡
이 서렸는 듯 광채가 찬란하여 사람을 비추이는지라.

부마가 대회하여 선생께 사례하니, 선생이 또 보검 두
병을 주며 왈,

「이 칼 이름이 하나는 벽력도요, 하나는 팔광검이니,
세상에 드문 보배라. 雷公神이 벽력과 우뢰를 합하여
만든 칼이니, 쓸 때를 당하여 한번 두르면 안개가 일
어나며 사면에 운무가 자욱하여 지척을 분별치 못하니,
이것으로 이름을 현달하라.」

부마가 또한 칼을 받고 사례 왈,

「분분한 시절을 당하여 여차 보검과 갑주를 주시니 지
극히 감사하여이다.」

또 선관이 가로되,

「나는 줄 것이 없으니 자손을 주노라.」

하거늘, 부마가 더욱 황공하여 무수히 사배하더니, 선생
왈,

「그대의 행함이 시각이 바쁠 것이니 빨리 가라.」

하고 동자를 명하여,

「부마를 인도하라.」

하시니, 부마가 선생께 문왈,

「열위 선관은 뉘시니이까.」

선생 왈,

「황의의 선관은 문필 선관이요, 홍의 선관은 남두성이
요, 흑의 선관은 북두성이니라.」

부마가 인하여 각각 하직하고 동자와 더불어 강변에 나
와 배를 타고 돌아올새, 배가 바람을 쫓아 순식간에 돌
아와 부마를 내려놓은 후 동자가 즉시 하직 왈,

「상공은 矢石間에 보중하소서.」

하고 배를 돌려 놓오니, 백운 심처에 가는 바를 알지 못
할레라.

각설, 임 부마가 동자를 이별하고 맹 기홍을 부르니,
기홍이 말을 이끌고 와서 뵈거늘, 부마가 갑주와 칼을 얻
은 말을 이르고 가로되,

「내 이제 너를 거느려 가면 천자를 구하지 못하리니,
너는 방산·선우영으로 찾아 오너라.」

하고, 인하여 갑주를 갖추고 벽력도를 들고 만리운을 타
고 경계 왈,

「네 본래 龍驄*이니 풍맹을 응하였는지라. 이제 황상의
위급하심이 경각에 있나니, 방산·선우영을 순식간에 득
달하라.」

언파에 채를 들어 한 번 치니, 백총마가 크게 소리하
고 네 굽을 안고 구름에 싸여 풍우같이 가니, 기홍이 사
또를 배별하고 바라보매 王子晉이 백룡을 타고 구름을 헤
치고 옥경으로 향하는 듯 그 향하는 바를 알지 못하겠더

───────────────

*용총 : 용마(龍馬).

라.

차일 임 부마가 마상에서 살펴보니, 만리 강산에 그림자 지나듯이 순식간에 행한 바가 칠천 삼백리라. 촌민을 불러 방산·선우영의 거리를 물으니, 이곳에서 이천 육백리라 하거늘, 부마가 일세를 보니 신시 말은 된지라. 부마가 채를 들어 말을 경계 왈,

「너는 평생의 힘을 다하여 공을 이루라.」

하고, 말이 마치지 못하여 바람이 일며 백총마가 입에서 안개를 토하며 풍우같이 행하니, 순식간에 방산·선우영에 이른지라. 부마가 甲冑*를 다시 고쳐 입고 바로 대진에 이르러 守門將*더러 일러 왈,

「너희는 황상께 주하라. 나는 강릉 절도에 갔던 임 호은이니 황상께 뵈옴을 청하라.」

수문장이 양 처상에게 고한데, 처상이 임 호은 삼자를 듣고 대경하여 몸을 떨며 罔知所措*라, 일계를 생각하고 내심에 헤아리되,

「내 이제 주장 되었으니 임 호은을 잡아들여 저희 죄를 이르고 참하리라.」

하고 무사를 호령하여,

「임 호은을 결박하여 잡아 오라.」

하니, 일성 포향에 좌우 무사가 일시에 내달아 쇠사슬로 부마를 결박하는지라.

부마가 생각하되,

「내 나라에 죄인이 어명 없이 왔다 하시고 이렇듯 하시는도다.」

---

*갑주 : 갑옷과 투구.
*수문장 : 궁문(宮門)이나 성문(城門)을 지키던 무관직(武官職).
*망지소조 : 어찌할 바를 모르고 허둥지둥함.

하고, 그 몸을 스스로 결박하여 들어오며 왈,
　「뉘 명으로 나를 결박하느뇨.」
　무사 왈,
　「천자는 호진 연석에 가시고 주장 양 노야가 잡아들이
라 하매 장령이로소이다.」
　부마가 대로 왈,
　「나는 양 처상의 부장이 아니어늘 내 어찌 저에게 굴
하리오.　」
　언파에 몸을 한 번 흔들어 쇠사슬을 끊고 몸을 돌려 나
오고자 하다가 다시 생각하되,
　「이제 먼저 양 처상을 베리라.」
하고, 벽력도를 들고 몸을 날려 바로 중영에 들어가　양
처상을 보고 꾸짖어 왈,
　「무도한 역적은 어디 있느뇨.」
하며 들어가니, 양 처상이 대경황망하여 칼을 들고 일어
서거늘, 부마가 벽력도를 들고 베고자 하다가 생각하되,
　「장부의 검 저 같은 더러운 놈에게 먼저 쓰리오.」
하고, 몸을 공중에 솟으며 한 주먹으로 양 처상의 흉복
을 치니, 처상이 맞아 거꾸러지며 입으로 피를 토하거늘,
부마가 처상의 발목을 잡아 공중에 던지니, 수백보 밖에
떨어져 칠규로 피를 흘리고 죽으니라.
　부마가 말에 올라 호진으로 향하니, 송진 제장이 성밖
에 수풀같이 섰거늘, 부마가 문왈,
　「황상이 어느 때에 들어가셨느냐.」
　장졸이 대왈,
　「들어가신 지 오래니이다.」
　사도가 망극하여 발을 굴러 왈,

「여 등은 어찌 여기 있느뇨.」

제장이 대왈,

「호왕이 삼장만 데리고 기여는 들어오지 말라 하기로
들어가지 못하였나이다.」

하거늘, 부마가 말을 제장에게 맡겨 왈,

「황상의 명이 위급하니 내 이제 성을 넘어들어가 황상
을 구하리니, 너 여 등은 이 말을 가지고 기다리라.」

언파에 몸을 솟아 문득 간 데 없거늘 송진 장졸이 심
야에 중얼거리며 왈,

「천신인가.」

하더라.

차설, 임 부마가 성을 넘어가 사면으로 살펴보니, 호
병이 갑주를 갖추고 창검을 들고 장 밖에 둘렀으니, 그
굳음이 철석 같아 몸에 날개가 있어도 벗어나지 못하겠
더라.

임 부마가 정신을 차려 동정을 살펴보니, 호진 장졸이
모두 연석에 향하였으니, 부마가 들어오는 줄 알지 못하
고 풍류소리와 殺罰之聲이 낭자하더라.

부마가 몸을 솟아 연석에 들어가니, 천자가 호왕과 빈
주 분좌하시고 호왕의 등 뒤에 여덟 장수가 창검을 들고
섰으니, 살기가 등등하고 천자를 모신 세 장수는 얼굴이
백지장 같아 병기를 잡지 못하였으며, 황상의 용안이 사
상이 되어 일신을 안정치 못하시거늘, 부마가 바로 짓치
고자 하다가 적의 동정을 보려 하고 몸을 날려 천자 뒤
에 은신하고 살피니, 이윽고 달세통·장운간이 여복을 장
속하고 각각 비수를 들고 들어와 호왕께 검무를 청하거
늘, 호왕이 쾌히 허하니 양장이 연석에서 검무하는지라.

임 부마가 벽력도를 들고 급히 내달아 달세통·장운간을 각각 발길로 차서 던지니, 양인이 비수를 던지고 거꾸러져 피를 토하거늘, 부마가 전포로 천자를 가리우며 봉안을 높이 떠 호왕을 보며 꾸짖어 왈,

「무도한 오랑캐 감히 만승천자를 해코자 하니 어찌 살려 하느뇨.」

하고, 벽력도를 한 번 들어 치니, 한 줄 화광이 일어나며 호왕이 侍衛 八將의 머리 일시에 내려지는지라.

호왕이 천자를 해하려 하더니 불의에 신장이 내려와 양장을 차서 거꾸러뜨리고, 팔장의 머리 베임을 보고 魂飛魄散하여 面色이 如土하여 동인 듯이 앉았거늘, 부마가 호왕을 베고자 하나 행여 천자의 옥체 상할까 하여 천자를 옆에 끼고 몸을 날려 나올새, 벽력도를 들고 좌우충돌하니 칼이 이는 곳에 호진 장졸의 머리 추풍낙엽 같으니, 감히 막을 자가 없는지라.

부마가 천자를 옆에 끼고 성을 넘어와 마상에 뫼시고 복지 통곡 왈,

「폐하는 용체를 진중하소서. 소신 임 호은이 이에 왔나이다.」

천자가 호왕의 간계에 빠져 사지에 들었으매 죽기만 바라시더니, 뜻밖에 신장이 내려와 호장 벰을 보시매 아무런 줄 모르시더니, 임 호은 삼자를 들으시고 경희하여 반향이나 어린 듯하시다가 정신을 진정하사 왈,

「짐이 지금 호진에 있느냐. 아까 짐을 옆에 끼고 나온 장수 진실로 경이렷다.」

언흘에 통곡하시거늘, 부마가 돈수 통곡 왈,

「소신 임 호은이 불충하와 폐하 이렇듯 욕을 당하심이

로소이다.」

천자가 부마의 손을 잡으시고 낙루 왈,

「짐이 불명하여 경의 충성을 알지 못하고 간신의 꾀에 빠져 경으로 하여금 해외에 고초하게 하니, 이제 백번 뉘우치나 미치지 못하는지라. 어찌 용히 짐의 위태함을 알아 이렇듯 짐의 목숨을 구하뇨.」

부마가 천자를 위로 왈,

「폐하는 옥체를 진중하옵소서. 신이 적소에서 천기를 보온즉 폐하의 주성이 운무에 싸였기로 주야 배도하여 이르렀삽더니, 폐하의 이렇듯 하심은 신의 불충이로소이다. 그러나 신이 죄인으로 폐하의 부르시는 명이 없사오니, 신의 죄가 더욱 중하여이다.」

상이 위유하사 왈,

「짐이 불명하여 간신의 참언을 살피지 못하니, 어찌 하늘이 벌하지 아니시리오. 용당호구에 들었거늘 경의 충성으로 獨行萬里하여 사지에 있던 임금을 구하니, 경의 충성은 고금에 쌍이 없으리로다.」

하시며 追悔하시거늘, 부마가 다시 주왈,

「이는 간신의 무리 폐하의 성총을 가리움이요, 또한 신의 운명이오니 어찌 폐하의 과실이리까. 신하가 되어 군부의 위급함을 구함은 상사이옵거늘, 어찌 과도히 응대하시나이까.」

인하여 황상을 모셔 대진으로 돌아올새, 일진 장졸이 부마의 용맹함을 보고 희열 왈,

「임 부마가 와 계시니, 아 등의 성명은 보전하리라.」

하고 만세를 부르니, 그 소리 원근에 진동하더라.

이날 호왕이 팔장의 죽음을 보고 혼비백산하여 아무

리할 줄 모르더니, 문득 신장이 천자를 옆에 끼고 나아
가며 호장 십여 명을 한칼에 베고 몸을 공중에 날려 수
만 진중에 무인지경같이 나감을 보고 驚惶失措하여 말
을 못하다가 양구 후 정신을 차려 보니 그 장사가 벌써
성을 나갔거늘, 분한 절치하여 다시 계교를 행코자 하더
라.

　이 적에 송진 부원수 사 마·양 찬양·우 일보 등이 원
문 밖에 나와 황상을 배령하여 군중에 호위한데, 부마가
제장으로 더불어 현알하고 나직이 주왈,

　「역적 양 처상과 모든 여당이 있사오니, 국문한 후 양
　처상과 한가지로 회시하여지이다.」

　천자가 옳게 여기사 무사를 호령하여 사 마·양 찬영·
우 일보 등을 잡아다가 장하에 꿇리고 크게 꾸짖어 왈,

　「역당은 임 호은을 아는가. 여 등이 천자를 촉하여 충
　신을 모함하고 찬역을 도모하여 개 같은 호왕을 결탁하
　고 흉모를 꾀하니, 어찌 죽기를 면하리오. 이실직고하
　라.」
하고 嚴刑鞫問하니, 불과 일장에 개개 복초하거늘, 부마
가 대로하여 원문 밖에 내어 참하고, 그 시수를 양 처상
과 한가지로 천하에 회시하니라.

　명일 천자가 대연을 배설하여 임 부마를 찬양하시고 벼
슬을 돋우어 대사마·대장군 겸 천하병마대도독을 하이
시고 각각 조서와 사신을 보내사 임 각로·이 승상 이하
여러 집 가속을 명초하실새, 조서를 내리우사 각각 그 고
을로 각별 신칙하여 지영 호송하라 하시고, 임 각로의 벼
슬을 돋우어 좌승상 겸 楚王을 봉하시고, 조지를 내리우
사 급급히 내려가 칙교를 전하라 하시고, 또 별도로 대장

을 택하사 적류 등을 잡으려 하실새, 대장 관영을 명하사
사 미원·사 일보·진 상윤·조 상표 등 십여 명을 잡아 낱
낱이 사옥에 가두시고 그 가장을 적몰하여 한 사람도 용
서치 말라 하시고, 만일 사정이 있으면 적류와 같이 다스
리라 하시고 이들의 가속을 금위부에 가두어 짐이 환궁
하기를 기다리라 하시니, 관영이 조서를 받들고 아장 사
인과 어림군 삼천을 거느려 경성을 향하고 주야 배도하
여 올라갈새, 임 부마가 서간을 써서 각각 전하라 하고,
또 일봉 서간을 주며 왈,

　「이 편지를 가지고 가다가 예주 지나는 역로니, 부디
　이 편지를 가져다 양모 현부인께 드리라.」

하니, 관영이 서간을 받고 인하여 천자께 하직하고 가니
라.

　각설, 맹 기홍이 임 부마를 이별하고 칼을 들고 후행
하여 방산·선우영으로 향할새, 조주를 지나며 생각하되,

　「우리 안 부인이 이곳에 전거하여 계시니, 찾아가 생
　사를 알고 가리라.」

하고 찾아오더니, 차시 趙州地府가 미애의 자색을 보고
흠모하여 내심에 생각하되,

　「임 호은은 이제 망하였으니 내 미애로 첩을 삼으리라.」

하고, 미애를 불러들여 지극 애대하며 친압코자 하거늘,
부인이 변색 왈,

　「내 이제 나라의 죄인이 되어 곤하거니와 女必從夫를
　폐부에 새겼거늘, 공이 어이 이렇듯 무례하느뇨. 이는
　군자의 행색이 아니니, 업수이 여기지 마소서.」

　지부가 웃으며 미애의 손목을 잡고 왈,

　「그대 이제 죽게 되었으니, 어찌 나의 말을 순종치 아

니하느뇨. 내 비록 용우하나 임 호은만은 할 것이니 그 대는 고집하지 말라.」

미애가 대로 왈,

「내 비록 여자나 너 같은 필부는 초개같이 아나니 어찌 너의 욕을 감수하리오. 이 손이 네게 잡힌 바가 되었으니 무엇에 쓰리오.」

언파에 지부의 찬 칼을 빼어 손을 베어 던지고 크게 꾸짖으니, 지부가 대로하여 미애를 잡아 내려 엄형 일치한 후 着枷嚴囚*하거늘, 미애 옥중에 갇혀 곤욕이 자심하나 어찌 굳은 뜻이 변하리오.

차설, 맹 기홍이 조수에 이르러 안부인을 찾으니 옥중에 갇혔다 하거늘, 기홍이 연고를 물으니 읍의 사람이 지부의 무지한 수말을 고하거늘, 맹 기홍이 청파에 대로하여 바로 옥문에 나아가 옥문을 열고자 하니 옥졸이 꾸짖으며 열지 아니하거늘, 기홍이 대로하여 주먹으로 옥문을 치니 산산이 부서지는지라. 급히 들어가 부인을 보니 項鎖足鎖*하여 엎드렸거늘, 기홍이 뜰에 엎드려 통곡 왈,

「소복 맹 기홍이 왔사오니 부인은 살피소서.」

안부인이 이 말을 듣고 驚惶*하여 급히 일어나며 왈,

「너는 어디서 왔느뇨.」

하며 嗚咽悲泣*하거늘, 기홍이 급히 부인의 칼과 얽은 것을 벗기고 부마의 출전하신 말씀을 자세히 고한데, 안부인이 탄식 왈,

「너는 모름지기 나를 구하라.」

---

* 착가엄수 : 죄인에게 칼을 씌워 단단히 가둠.
* 항쇄족쇄 : 목에 씌우는 칼과 발에 채우는 차꼬를 말함. 즉, 죄인을 단단히 잡아 챔을 뜻하는 말.
* 경황 : 놀라서 당황함.
* 오열비읍 : 목이 메도록 슬피 우는 것.

하며, 지부의 무지한 말과 손목 베인 말을 설파하니, 기
홍이 분연히 고왈,

「소복이 이제 지부를 죽이고 부인을 노야 계신 곳으로
모시리라.」
하고 부인을 업고 나오니, 옥졸 등이 기홍을 붙들고 가
로되,

「그대는 어떤 사람이완데 나라 죄인을 임의로 데려 가
느뇨.」
기홍 왈,

「나는 부인의 노자라. 나라에 충신이 있고 집에는 충노
가 있나니, 내 이제 주인을 위하여 죽기를 돌아보지 아
니하고 이에 이르렀나니, 너의 지부 열녀를 모르고 음
악무도하니, 내 당당히 지부를 죽이고 나라에 告檄하
여 이름을 천추에 유전하리니, 여 등은 詰難*치 말라.
만일 나의 주먹으로 치면 목숨이 끊어지리라.」
하고 부인을 업고 바로 관사로 향하여 부인은 관문에 머
무르고, 박도를 들고 청상에 올라가 지부를 꾸짖어 왈,

「무지 필부는 들으라. 나는 임 사또의 노자 맹 기홍이
라. 네 어찌 열부를 모르고 淫惡한 행실을 하리오.」
하고, 바로 박도를 들어 지부의 명문을 치니, 지부가 맞
아 방중에 거꾸러지거늘, 인하여 그 머리를 베어 던지고
부인을 업고 도망하여 오더니, 동창부에 이르러는 문득
해방하라시는 조서와 부마의 서찰을 보고 대희하여 하나
지부를 죽였으니 크게 두려운지라. 안부인을 모시고 경사
로 오고자 하더니, 문득 부마의 보낸 교마 이르는지라.
기홍이 부인을 교자에 모시고 하직 왈,

*힐난 : 힐문하여 비난함.

「소복은 이미 관원을 죽였으니, 그 죄가 매우 중한고
로 선우영으로 찾아가 노야께 뵈옵고 나라에 죄를 청코
자 하옵나니, 원컨대 부인은 먼저 상경하옵소서.」
안부인이 즉시 서간을 닦아 기홍을 주어 왈,
「이 서간을 부마께 드려라. 내 이제 본부에 돌아가 존
고께 뵈옵고, 공주를 보고 상의하여 너의 죄를 경하게
하리니, 너는 근심치 말고 빨리 행하라.」
하고, 인하여 경도로 향하니라.
　차시 조주 관인이 지부의 참사함을 목도하매 황황분주
하여 그 살인자를 잡고자 하나 간 곳이 없으매 이 뜻을
자사께 장계하니라.
　각설, 임 각로와 박 지근과 이 승상 일가며 모든 부인
이 은사를 입어 돌아와 옛 집을 수리하고 모두 즐기며,
예주에 사람을 보내어 양모 모녀를 청하며 전진 승부를
기다리더라.
　차설, 호왕이 제장을 모으고 분한 절치 왈,
「내 이제 송제를 잡지 못하면 어찌 영웅이라 하리오.」
하고, 즉시 호사호로 대원수를 삼고, 황 비회로 좌선봉
을, 기 돌통으로 우선봉을 삼아 일일이 군사를 모아
연습하더라.
　각설, 임 도독이 천자를 호위하여 군사를 조련할새, 노
양관에 분부하여 우양을 많이 잡아 군사 일명에 고기 세
근씩 먹이고, 군량을 수은하여 배불리 먹이고 삼일에
일차씩 호궤하여 그 마음을 즐겁게 하고 분부 왈,
「여 등은 酒肉을 배불리 먹고 진문 밖에 나아가 제기
도 차고 노름도 하며 너희 마음대로 놀라.」
하니, 군사 등이 주육을 진중에 두고 임의로 먹으며 진

문에 나와 혹 가무하며 서로 기운을 배양하니, 이는 임 도
독이 호진으로 하여금 이 거동을 보고 적의 군사의 기
운을 스스로 수축케 하고 내 군사의 기운을 돋우는 계교
러라.

호왕이 높은 곳에 올라 송진을 바라보니, 풍류소리가
진동하며 군졸이 마음대로 출입하여 예기를 배양하거늘,
호왕이 제장더러 왈,

「송제가 요행히 살았거니와, 이제 烏合之卒을 거느려
저렇듯 즐겨하니, 이는 勢窮力盡*함이라. 그러나 송제
를 구한 장수는 범상한 장수가 아니니, 심상히 대적치
못할지라. 계교로 잡으리니 여 등은 힘을 다하라.」

하고, 즉시 제장을 四隊에 분하여 송진 四門을 치고자 할
새, 좌선봉·황비회를 불러 왈,

「너는 오천 군을 거느려 송진 동문을 치라.」

하고, 제 이대에 우 선봉 기 돌통을 불러 오천군을 거느
리고 송직 남문을 치라 하고, 제 삼대에 좌익장 호 사필
을 불러 오천 군을 주어 송진 서문을 치라 하고, 제 사
대에 우 익장 기 린골을 불러 오천 군을 주어 송진의 북
문을 치라 하고 약속을 정한 후 호왕이 친히 삼만을 거
느려 송진 中營을 치려 하더라.

차설, 임 도독이 천자께 주왈,

「신이 천기를 보온즉 호왕이 사대 군사를 거느려 금
야에 우리 진을 겁칙하려 하니, 마땅히 방비하리이다.」

하고 제장을 불러 분부 왈,

「선봉장 정 호익은 오천 병을 거느려 동문 좌우에 매
복하였다가 호병이 문에 드는 양을 보고 궁시를 일제

─────────────
*세궁역진 : 기세가 다 꺾이고 힘이 빠짐.

히 발하라.」

하고 호위장군 노 천충을 불러 왈,

「호위장군 노 천충은 오천 군을 거느려 남문에 매복하
였다가 호병이 문에 들어옴을 보고 쇠뇌*를 제발하라.」

하고,

「진동장군 진 문백은 오천병을 거느려 서문 우편에 매
복하였다가 호병이 문에 들거든 육성포를 일시에 발하
라.」

하고 기회장 맹 확을 불러 왈,

「그대는 오천 군을 거느려 북문에 매복하였다가 대화
포를 일시에 발하라.」

하고, 인하여 대진을 물려 천자를 보위케 하고, 임 도독
이 일지군을 거느리고 장대에 매복하여 호병을 기다리더
라.

이 날 호왕이 사대 군병을 거느리고 밤이 되기를 기다
려 송진에 이르니, 영중이 고요하여 잠든 듯하거늘, 일
성 방포에 사대 병을 재촉하니 사대 인마가 일시에 송진
을 칠새, 문득 동문에서는 시석이 비 오듯 하고 남문에
서는 소뇌 일시에 발하고, 서문에서는 육성포가 일시에
제발하고 북문으로는 화포가 제발하니, 호병이 눈을 뜨
지 못하여 그물에 든 고기 같은지라.

차시 호왕이 말 위에서 수기를 둘러 사대 인마를 지
휘하며 중영을 급습하여 천자를 찾더니, 문득 장대 뒤에
서 일성 포향에 오색 갑옷을 입은 신장 귀졸이 방천극을
들고 입으로 화염을 토하며 길을 막거늘, 호왕이 대경하
여 입으로 진언을 명하여 말을 돌려 달리더니, 문득 일원

---

*쇠뇌 : 여러 개의 화살을 쏘아 한꺼번에 나가게 하는 활의 한 가지.

대장이 만리운을 타고 벽력도를 들고 길을 막으며 꾸짖
어 왈,

　「무도한 오랑캐는 풍맹을 아는다. 금일 너를 죽여 국가
　의 대환을 덜리라.」

　언파에 달려들어 호왕을 취하니, 호왕이 대로하여 팔
십근 장창을 들고 도독을 맞아 싸워 십여 합에 이르러
는 도독이 칼을 들어 호왕의 투구를 치니 투구 내려지거
늘, 호왕이 昏夜*에 진위를 알지 못하고 창을 끌고 달아
나거늘, 도독이 따르지 아니하고 기를 한 번 두르니 사
대 복병이 일시에 내달아 호진 사대 장졸을 둘러싸고 엄
살하며, 도독이 말을 달려 급히 들어가며 벽력도를 들어
호병을 시살하니, 호진 장졸 머리 추풍낙엽이라.

　사대 호병이 감히 싸우지 못하고 목숨을 도망하여 각
각 달아나니, 도독이 따르지 아니하고 징을 쳐 군을 거
두니 군기·마필 얻은 것이 부지기수요, 호병의 首級*이
일만 이천이라. 승전고를 울리며 제장 군졸의 기운을 돋
우니, 일진 장졸이 도독의 신기함을 칭찬하며 만세를 부
르더라.

　이날 호왕이 본진에 돌아와 흩어진 장졸을 모아 點考*
하니, 장수는 상한 자가 없으나 군사 죽은 자가 태반이
라. 왕이 한탄 왈,

　「내 자주 전장에 임하되 일찍 패함은 없더니, 이제 이
　렇듯 패함은 하늘이 나를 망하게 함이로다. 또한 풍맹
　이라 하는 장수는 어떠한 장수인지 알지 못하거니와
　그 장수가 신병을 거느렸으니, 이는 반드시 天將인가

____

＊혼야 : 어둡고 깊은 밤.
＊수급 : 싸움터에서 베어 얻은 적군의 목.
＊점고 : 명부에다가 일일이 점을 찍어 가면서 사람의 수효를 조사하는 일.

하노라.」

대원수 호 사호 왈,

「대왕은 근심치 마옵소서. 소장이 이제 두 영웅을 얻었사오니 이 장수를 청하여 대왕을 돕게 하리이다.」

호왕 왈,

「어떠한 사람인고.」

호 사호 왈,

「일인은 무계동에 있으니 이름은 연 대요, 일인은 대구천에 있으니 이름은 어 부야라. 이 두 장수는 풍운을 부리며 입으로 안개를 토하며 눈으로 불을 내니, 그 신술과 용맹이 세상에 대적할 이 없는지라. 이러므로 이 두 장수를 청하여 좌우 선봉을 삼으면 송제 잡기를 어찌 근심하리오.」

호왕이 청파에 대희하여 왈,

「장군은 이 두 장수를 빨리 청하라.」

호 사호 수명하고 예단을 갖추어 양인을 찾아가니라.

호왕이 제장더러 왈,

「금일 내 진전에 나아가 적장으로 더불어 싸우며 적장의 용맹과 재주를 보고자 하나니, 제장은 좌우에 있다가 나의 위급함이 있거든 구하라.」

하고, 갑옷을 갖추고 청총마를 타고 팔십근 모란창을 들고 진전에 나와 송진을 바라보니, 송진 문기 아래 일원 대장이 섰으되, 머리에 오룡 서린 투구를 쓰고 몸에 황금보신갑을 입고 백화문 금전포를 갖추고 벽력도를 들고 만리운을 탔으니, 전일 진상에서 보지 못하던 장수이어늘, 호왕이 창을 들어 가리켜 왈,

「저 문기 아래 섰는 장수는 성명을 통하고 자웅을 결하

라.」

하니, 이때 도독이 또한 호왕을 바라보매, 녹포은갑에 청총마를 타고 장창을 들었으니 신장이 구 척이요, 허리 십위라. 심상치 않은 장수이어늘, 도독이 벽력도를 들어 가리켜 왈,

「나는 송국 대도독 임 호은이라. 하늘이 나를 내심은 너 같은 大逆不道를 베어 천하에 회시함이니라.」

호왕이 대로 왈,

「너를 보니 襁褓幼兒라. 어찌 어른을 알지 못하고 여차 방자하느뇨.」

도독 왈,

「내 비록 연소하나 너 같은 도적은 초개같이 아노라.」

하고 맞아 싸울새 팔십여 합에 불분승부러니, 도독이 몸을 날려 공중에 솟으며 호왕의 후심을 차니, 호왕이 도독의 발목을 잡고 강편을 들어 도독의 어깨를 치니, 도독은 맞지 아니하고 자기가 든 장대에 맞아 끊어지는지라. 호왕이 대경하여 말을 돌리며 수기를 들어 제장을 부르니, 두 장수 급히 와 接應*하거늘 도독이 좌수에 벽력도로 장창을 대적하며, 우수에 유성퇴로 호왕의 말머리를 치니 호왕이 번신낙마하거늘, 도독이 급히 베려 하더니, 호장 등이 궁시를 일시에 발하는지라. 도독이 오는 살을 잡아 꺾어 버리고 벽력도를 한 번 휘둘러 적장 갈해를 베고, 호왕을 따르며 꾸짖어 왈,

「개 같은 호왕은 닫지 말라.」

하고 급히 따르더니, 호장 기 돌통이 분연히 길을 막는지라. 도독이 분노하여 벽력도를 한 번 들어 기 돌통을

---

* 접응 : 사물에 접촉함.

벤 후, 호왕을 찾으니 이미 진에 들어간지라. 진을 헤쳐 호왕을 잡고자 하더니, 송진에서 징을 쳐 군을 거두거늘 도독이 본진에 돌아와 호장의 머리를 원문에 달고 중영에 들어가 천자께 뵈오니, 천자가 도독의 손을 잡으시고 칭찬하사 왈,

「경은 짐짓 천신이로다.」

하시고, 대연을 배설하여 도독을 위로하시니라.

호왕이 본진에 돌아와 제장더러 왈,

「적장 임 호은은 범상한 장수가 아니라. 졸연히 파치 못하리니, 구원병을 청하고 호원수를 기다려 계교로 임 호은을 베고 송제를 사로잡으리라.」

하고, 인하여 가달·진번·운남 삼국에 사신을 보내어 청병하고, 진을 옮겨 일백리를 물러가서 진을 치고 날마다 삼국 구원병을 기다리더라.

각설, 낙양인 魚俠大(어협대)가 일찍 금화산 유수 선생을 찾아갈새, 일삭 만에 금화산에 이르니 운무가 자욱하여 길을 분별치 못하매 정히 우왕하더니, 이때 유수 선생이 동자를 불러 왈,

「임 호은은 이 세상에 나가 나의 이름을 전파하여 괴이한 광자를 천거하여 보내니, 너는 나아가 산문 밖에 있다가 광자를 쫓아 골 밖에 내던지고 이곳에 들어오지 못하게 하라.」

동자가 수명하고 밖에 나가 즉시 몸을 변하여 큰 범이 되어 노변에 앉았더니, 이 날 어 협대가 길을 찾아오다가 무심중에 큰 범이 달려들어 급히 몸을 날려 피하고, 손을 내려 그 범의 역을 잡아 꾸짖어 왈,

「요망한 괴물이 감히 장부의 길을 막느뇨.」

하고, 언파에 범을 집어 던지니 수백보 밖에 떨어지는지라. 다시 길을 찾아 나무를 휘어잡고 올라갈새, 가장 험준하여 높기가 천만장이라. 협대가 민망하여 힘을 다하여 첫째 층계에 올라가니, 문득 大蟒*이 내달아 입을 벌리고 달려들거늘, 협대가 대로하여 대망을 잡고자 하더니, 그 대망이 벌써 꼬리를 둘러 일신을 감는지라. 협대가 평생의 힘을 다하여 입으로 대망의 머리를 물고 두 눈을 빼어 삼킨 후, 돌을 들어 蛇蝎의 허리를 끊어 버리고, 기갈이 심하여 불을 피우고 사갈을 구워 먹은 후 그곳에서 밤을 지낼새, 문득 바람이 일어나며 몸이 흘러 떨어질 듯하거늘, 앙천 탄왈,

「협대가 죽기를 무릅쓰고 정신을 다하여 이에 이르렀
 사오니, 소소하신 명천은 협대를 살려 주소서.」

하며 밤을 지내더니, 이윽고 동방이 기명하고 바람이 걷히거늘, 문득 살펴보니 암상에 일위 노인이 앉아 꾸짖어왈,

「너는 어떠한 광자완데 정결한 곳에 들어와 나의 사랑
 하는 백호와 대망을 해치느뇨.」

언파에 소매를 들어 한번 부치니, 협대가 바람에 날려 골 밖에 내치거늘, 할일없어 다시 선상에 올라가더니, 공중에서 불러 왈,

「협대야, 네 어찌 나의 충고를 듣지 아니하고 충효지
 가문을 욕되게 하느뇨. 이제 천자가 친정하여 계시니,
 빨리 가서 인군을 도우라. 전일 황룡정에서 만났던 임
 호은이 지금 대원수가 되었으니, 너는 빨리 방산·선우
 영으로 가라.」

＊대망 : 이무기.

하거늘, 협대가 이 말을 들으니, 분명한 부친의 영혼이라. 황망히 재배 통곡 왈,

「부친은 어찌 뵈지 아니하시니이까. 소자가 아무리 불초한들 부친의 가르치심을 듣지 아니하오리까.」

하고, 슬피 울다가 집으로 돌아와 행리를 차려 대진으로 가려 할새, 우리에 가두었던 범 백여 수의 귀를 꿰어 물고 박도를 들고 대진으로 가니라.

각설, 호장 호 사호가 어 부야와 문 연대를 데리고 돌아와 호왕께 뵈인데, 왕이 대희하여 양인을 살펴보니, 양인의 신장이 팔척이요, 모양이 험악하여 평생에 못 보던 인물이라. 불승 대회하여 양인을 관대하고 즉시 좌우 선봉을 삼아 각각 대완마 일필씩 주고 송진 형세를 이르니, 양인이 가로되,

「소장 등이 송진에 나아가 금고 일성에 송제를 사로잡아 오리니 대왕은 염려치 마옵소서.」

하고, 즉시 군을 거느려 금고를 울리며 송진에 이르러 대진하고 진전에 나서서 크게 불러 왈,

「송장 임 호은은 빨리 나와 자웅을 결단하라.」

소리 사천을 움직이더라. 송진 장졸이 바라보니, 양인의 신장이 각각 팔척이요, 일인은 얼굴이 파리하고 눈이 넷이요, 수염이 말 갈기 같고 이마는 장찻날을 세운 듯 눈으로 불꽃을 내며 입으로 안개를 토하고, 일인은 얼굴이 일척이요, 두 눈이 단추 같고 두 귀에 뿔이 돋았으며 일신에 비늘이 돋았고 콧구멍이 셋이라. 콧구멍으로 불을 내며 손에 철퇴를 들었으니 모양이 흉악하매, 송진 장졸이 한 번 보고 대경하여 급히 도독에게 고하니, 도독이 진전에 나와 바라보니, 이는 사람이 아니요 짐승

의 정령이어늘, 내심에 생각하되,

「이 짐승을 조련히 잡지 못하리로다.」

하고 장졸을 분부 왈,

「호왕이 세궁역진하여 이 같은 괴물을 청하여 우리 진
을 겁탈코자 하니 여 등은 일절 요동치 말고, 또 가까
이 가지 말며, 다만 궁노만 발하라. 내가 사로잡으리
라.」

하고, 진문을 굳게 닫고 偃旗息鼓*하니, 어부야 양장이
종일 질욕하나 송진에서 安兵不動하는지라. 할일없어 돌
아가 호왕을 보고 가로되,

「송진이 堅壁不出*하니, 무슨 꾀가 있는가 하오니 대왕
은 군사를 나누어 네 개의 길을 지키소서.」

호왕 왈,

「이제 삼국의 청원병을 기다려 계교를 행할지니, 장군
은 아직 편히 쉬라.」

하더라.

차설, 임 도독이 호왕을 격파할 계교를 의논하더니, 수
문졸이 보고하되,

「맹 기흥이 이르렀나이다.」

도독이 대희하여,

「부르라.」

하니, 기흥이 들어와 복지 재배 왈,

「안부인의 서간을 올리나이다.」

도독이 서간을 보고 대경 문왈,

「네 어찌 그곳에 갔더뇨.」

---

*언기식고 : 전쟁터에서 군기(軍旗)를 누이고 북을 쉰다는 말. 곧 휴전 (休
戰)한다는 말.
*견벽불출 : 굳건한 벽으로 둘러싸인 속에서 나오지 아니함.

기홍이 대왈,

「소복이 대진으로 오는 길에 부인의 평부를 알고자 하여 조주에 가오니, 지부 무도하여 부인을 여차여차 곤욕하오매 불승분기하여 지부를 죽이고 부인을 모셔 오다가 동창부에 이르러 사은을 만나 해방하시는 조서와 노야의 서찰을 보옵고 소복은 이리로 왔나이다.」

도독이 청파에 불승통쾌하여 이 사연을 천자께 주하니, 상이 대로하사 청주에 조서를 내려,

「조주지부의 가속을 청주에 가두고 그 가장을 적몰하고 그 시수를 회시하라.」

하시고, 인하여 맹 기홍을 칭찬하사 왈,

「나라에 충신이 있고 집에는 충노가 있나니, 저희 상전을 위하는 정성은 일반이라.」

하시고 상금을 후하게 하사하시니, 기홍이 천은을 축사하고 물러가니라.

상이 임 도독을 돌아보시고 왈,

「경은 기홍을 발천하여 군중 소임을 맡게 하라. 짐이 장차 벼슬을 주리라.」

도독이 명을 받고 물러가니라. 또 보고하되,

「진전에 어떤 장사가 돌학을 쓰고 호피 옷을 입고 철퇴를 들고 백여 마리의 범을 물고 이르러 스스로 이르기를 낙양 호걸 어 협대라 하고 도독께 뵈옴을 청하나이다.」

도독이 대희 왈,

「이 광자가 오는도다.」

하고,

「들여보내라.」

하니, 협대가 들어와 재배 왈,

「소생이 전일 선생의 교훈을 듣삽고 금화산을 찾아가니 여차여차하옵기로 할일없어 산중으로 향하더니, 국가가 대란하고 겸하여 선생이 이곳에 계시다 하오매 약간의 도움이 되고자 하여 왔나이다.」

도독이 대회하여 주효를 내어 관대하고 천자께 어 협대의 영웅임을 주한데, 상이 대회하사 협대를 불러 보시니 신장이 구척이요, 낙타 얼굴에 범의 눈이며, 신체 웅위하거늘, 이에 문왈,

「경이 冀州都督 魚華龍의 아들이라 하니 충신의 후예라. 어찌 봄이 늦으뇨.」

협대 고두 주왈,

「신이 일찍 부모를 여의매 산중에 스스로 들어가 사냥하기를 爲業*하는고로 공명을 이루지 못하와 천안을 뵈옵지 못하였나이다.」

상이 찬양하시고 갑주와 마필을 사급하시며 대연을 배설하여 양인을 위로하시니, 양인이 천은을 축사하고 물러와 도독 진전에 나아가 절제를 받으니라.

차설, 호왕이 어 부야와 문 연대를 얻은 후로 일일 연락하고 구병을 기다리더니, 문득 請兵使臣이 돌아와 고왈,

「노번과 운남은 지세 멀기로 미처 오지 못하고 진번 구병이 이르렀나이다.」

호왕이 대회하여 청병을 점고하니, 장수 백여 원이요, 군사 삼십여 만이라. 우양을 잡아 호궤한 후, 일일 연습하여 접전을 준비하더라.

차시 임 도독이 호왕을 잡으려 하여 제장의 소임을 각

---

*위업 : 생업을 삼음.

각 정할새, 어 협대로 선봉을 삼고 맹 기홍으로 부선봉을 정한 후, 협대를 불러 왈,

「그대는 일만 병을 거느리고 靑衣神兵 일천 오백을 영솔하고 대류강 사마저 갈밭에 매복하였다가 호왕이 패하여 그곳으로 갈 것이니, 일시에 내달아 길을 막고 엄살하라.」

하고, 또 맹 기홍을 불러 왈,

「너는 갑병 일만과 紅衣神兵 일천 오백을 거느려 사마저 맞은편에 매복하였다가 협대와 접응하라.」

하고, 정 호익을 불러 왈,

「그대는 갑병 일만과 黃衣神兵 일천 오백을 거느려 대류강을 건너 진 뒤를 가만히 지나 자오산 뒤에 매복하였다가 호사호가 그리로 갈 것이니 내달아 잡으라.」

하고, 대장 노 전충을 불러 왈,

「그대는 군사 오천을 거느리고 대류강을 건너 호병의 모양으로 장속하고 호왕을 유인하면, 내가 黃巾神將을 보내어 대적하리라.」

하고, 또 지 달룡을 불러 왈,

「그대는 정병 오천을 거느려 대류강 상류로 올라가 군사 매명에 섶 열 뭉치씩 가지고 불을 사뤄 빙판을 녹게 하라.」

하고, 또 맹 확을 불러 왈,

「너는 정병 오천을 거느리고 대류강 하류에 나아가 지 달룡과 같이 불을 놓아 빙판을 녹게 하라.」

하고 각각 분담시키니, 각 영의 제장이 각각 정한 곳으로 가니라.

도독이 또 신장을 불러 팔진을 벌일새, 靑巾神將 이십

팔인은 청의 신병 일천 오백을 거느리고 갑을방에 매복
하고, 홍건 신장 이십팔인은 홍의 신병 일천 오백을 거
느리고 병정방에 매복하고, 백건 신장 이십팔인은 백의
신병 일천 오백을 거느려 경신방 위에 매복하고, 흑건 신
장 이십팔인은 흑의 신병 일천 오백을 거느리고 임계방
에 매복하고, 황건 신장 이십팔인은 황의 신병 일천 오백
을 거느려 중앙 무기방에 매복하라 하고, 또 황건역사 양
인을 불러 왈,

　「너희는 신병 일천 오백을 거느리고 전면 산곡에 매복
　하였다가 어부야·문 연대 등을 사로잡으라.」
하고, 또 이십팔 장을 불러 오방 기치를 주어 중영을 호
위하여 천자를 모시게 하고 도독이 스스로 철기 일만을
거느려 황건역사로 좌우 선봉을 정하고 천자께 주왈,

　「금일은 적진을 격파하리니 폐하는 염려치 마옵소서.」
하고 호왕이 오기를 기다리더라.

　각설, 호왕이 金木水火土*를 응하여 제장을 분발할새,
제일금은 대장 황 비회니 갑병 일만을 주어 왈,

　「그대는 송진 동문을 치되, 청룡기를 표하고 주작기를
　보아 남으로 나오라.」
하고, 제이목은 거기장군 호 사필이니, 갑병 일만을 주
어 왈,

　「그대는 송진 남문을 쳐서 중영으로 나오라.」
하고, 제삼수는 표기장군 길 인걸이니 갑병 일만을 주어
왈,

　「그대는 송진 서문을 쳐서 북으로 나오라. 이는 금생
　수라, 이길 것이니라.」

───────────
＊금목수화토 : 만물을 만들어 내는 다섯 가지 원소.

제 사화는 운임여범이니, 갑병 일만을 주어 왈,

「그대는 송진 북문을 치되, 수화상극이니 남을 피하고 동으로 나아오라.」

하고, 제행군장 미속이니 갑병 일만을 주어 왈,

「그대는 송진 중영을 쳐 서쪽으로 나아오되 등사기를 가져 行伍(항오)를 정하라.」

하고 대원수 호 사호를 불러 왈,

「그대는 철기 일만을 거느려 송진 중영을 엄습하여 송제를 핍박하라. 과인은 동문을 막았다가 송제를 잡으리라.」

하고, 또 어 부야와 문 연대를 불러 왈,

「그대는 갑병 일만을 거느려 임 호은을 잡으라.」

하고, 분담을 마치고 야심하기를 기다려 송진을 겁칙하려 할새, 이 날 밤이 삼경에 이르러 호왕이 군을 나올새, 군사는 함매를 물고 말은 방울을 떼고 송진에 이르러 일성 포향에 사 문을 일시에 쳐들어가니, 감히 막을 자가 없더라.

문 연대가 입으로 불을 토하니 화광이 충천한지라. 도독이 내달아 꾸짖어 왈,

「너는 어떠한 괴물인데 여차 방자하뇨.」

문 연대가 대로하여 장창을 들고 도독을 취하거늘, 도독이 맞아 싸워 십여 합에 이르러는 문득 벽력 같은 소리가 나며 화광이 이르는 곳에 일원 대장이 콧구멍으로 불을 토하며 화극을 들고 들어와 문 연대를 도우니, 이는 어 부야라. 임 도독이 대로하여 양장을 대적할새, 차차 유인하여 운무진에 이르러는 문득 마상에서 불러 왈,

「역사는 어디 있느뇨.」

하니, 말이 끝나기 전에 우뢰가 진동하며 공중에서 오색 철갑 입은 신장이 철퇴를 들고 내려와 꾸짖어 왈,

「천상 두우성을 핍박치 말라.」

하고, 철퇴를 들어 이 괴물의 허리를 치니, 문 연대 등이 맞아 거꾸러지거늘 결박하여 돌아오니라. 도독이 황건역사를 명하여,

「괴물을 가두어 두라.」

하니, 역사에 문 연대 등을 철성에 가두고 도독의 명령을 기다리더라.

이때 사면에 殺伐之聲(살벌지성)이 진동하며 팔로 호병이 짓쳐들어오며 송제는 어디 있느뇨 하거늘, 도독이 대로하여 수기를 한 번 휘두르니, 문득 뇌성벽력이 진동하며 흑운이 사면을 둘러 지척을 분간치 못하는지라. 호왕이 기겁하여 말을 돌려 달아나려 하더니, 전면에 일원 대장이 길을 막고 대질 왈,

「호왕은 하늘로 오르며 땅으로 들까, 빨리 목을 늘이어 내 칼을 받으라.」

하 , 이는 대도독 임 호은이라.

호왕이 대로하여 맞아 싸워 이십여 합에 이르러는 문득 일진 음풍이 일어나며 시석이 비 오듯 하니, 호왕이 감히 싸우지 못하고 말을 돌려 동으로 달아나거늘, 도독이 정히 호왕을 따르더니 호장 맹춘이 군사를 이끌어 길을 막는지라. 도독이 벽력도를 들어 맹춘을 베어 말에 달고 다시 호왕을 따르더니, 이때 호왕이 군을 헤쳐 동으로 나아가니, 청건 신장 이십팔인이 각각 청룡도를 들고 길을 막아 엄살하는지라. 호왕이 대경하여 신장귀졸인 줄 알고 동방갑과 삼팔목을 부르고 청룡 眞言(진언)을 염

하며 남으로 급히 나오더니, 또한 이십팔 장이 주작을
타고 홍의 신병을 거느려 엄살하니, 호왕이 감히 남으로
가지 못하고 남방 병정이 漆畫*를 의하며 진언을 염하
며 서쪽으로 향하여 가더니, 또한 이십팔 장이 각각 백
호를 타고 신병을 거느려 길을 막는지라. 호왕이 서방 경
신사 구금을 불러 백호 진언을 염하며 북으로 달리더니,
또 이십팔 장이 각각 현무를 타고 구절강편을 들고 신
병을 거느려 길을 막거늘, 호왕이 또 북방임계 일육수를
불러 현무 진언을 염하며 오미방으로 오니, 머리 풀고 발
을 벗고 홍의 입은 군생 등이 사기를 들고 앞을 막으며
엄살하거늘, 호왕이 앙천 탄식 왈,

「홍심(호왕의 이름)이 오늘 이곳에서 죽으리로다.」
하고, 정신을 가다듬어 창을 휘두르며 앞을 헤쳐 나오더
니, 전면에 일원 대장이 벽력도를 들고 대질 왈,

「호왕은 어디로 가려 하는고. 풍맹이 여기 왔노라.」
하고 달려드니, 호왕이 창을 들고 도독을 맞아 싸워 이
십여 합에 이르러 임 도독의 칼이 자주 호왕의 몸을 찌르
려 하는지라. 호왕이 싸울 마음이 없어 도독을 버리고
기산을 향하여 달아나거늘, 도독이 따르더니, 문득 전면
에 일원 대장이 들어오며 호왕에게 왈,

「대왕은 빨리 본진으로 가소서. 소장이 여기 있나이다.」
하고, 도독을 막으니 이는 번장 여범이라. 도독이 맞아
싸워 불과 삼합에 여범을 베고 호왕을 따르더니, 전면에
일원 대장이 길을 막으며 꾸짖어 왈,

「임 호은 나와 자웅을 결하자. 호 사호가 여기 있노
라.」

---

*칠화 : 옻칠을 그린 그림.

하고 달려들거늘, 도독이 대로 질왈,

「너는 하등지인이완데 죽기를 자청하느뇨.」

하고 벽력도를 들어 호 사호의 명문을 치니, 호 사호가 몸을 날려 피하며 궁시를 발하는지라. 도독이 오는 살을 잡아 호 사호를 치니, 호 사호가 왼편 어깨를 맞고 번신낙마하거늘 도독이 정히 베려고 하더니, 문득 일원 호장이 급히 들어와 호 사호를 구하여 보내고 도독을 맞으니 이는 호 사호의 아우 호 사필이라. 도독이 더욱 노하여 일 합에 호 사필을 베어 그 머리를 말에 달고 호 사호를 찾으니, 간 곳이 없는지라.

이러구러 호왕이 팔 진을 벗어나니 날이 밝았더라. 호왕이 정신을 수습하여 대류강 사마천을 바라보고 닫더니, 노전 우편서 일성 포향에 일표 군이 글을 막으니 이는 선봉장 어 협대라. 대질 왈,

「낙양 호걸 어 협대를 아느냐. 내가 임 도독의 장령을 받아 기다린 지 오래로다.」

하고, 도채를 휘두르며 호왕을 막거늘, 호왕이 협대를 맞아 싸워 삼십여 합에 이르러는 호왕이 문득 창을 들어 협대의 탄 말머리를 치니, 협대가 번신낙마하는지라. 호왕이 정히 협대를 베고자 하더니, 협대가 소리를 벽력같이 지르며 몸을 솟아 호왕을 잡아 낚으니, 호왕이 또한 낙마하매 양장이 기마보전하는지라. 서로 싸워 칠십여 합에 이르니, 호왕이 이미 일주야를 절곡하였으매 기력이 衰盡(쇠진)하니 어찌 능히 싸우리오. 협대를 버리고 飛身上馬(비신상마)하여 급히 닫더니, 전면에 일표군이 길을 막으니 이는 맹 기홍이라. 호왕이 꾸짖어 왈,

「눈 먼 도적은 달아나지 말라. 내가 도독의 장령을 받

아 기다린 지 오래로다.」

하고, 군사를 지휘하여 호왕을 에워싸니, 호왕이 기홍을 맞아 싸워 이십여 합에 이르러는 문득 후면에서 벽력 같은 소리가 나며 어 협대가 보행으로 쫓아오거늘, 호왕이 정히 위급하더니 문득 화광이 충천하며 일원 대장이 입으로 불을 토하며 외쳐 왈,

「너희는 우리 대왕을 해치 말라.」

하며 호왕을 구하고 협대와 기홍을 막거늘, 협대 등이 바라보니 이는 문 연대·어 부야라. 어 부야는 기홍을 잡아 말 위에서 깔고 앉고, 문 연대는 협대를 잡아 깔고 앉아 입으로 연염을 토하며 호왕을 호위하여 가는지라.

이때 임 도독과 어 부야 등이 혈성을 뚫고 도망하다가 호왕을 구하고 어 협대 등을 사로잡아 감을 보고 대로하여 급히 진에 돌아와 일백 범의 꼬리에 불을 붙이고 황 건역사를 호령하여 급히 범을 몰아 들어가니, 일백 범이 입을 벌리고 발톱을 세워 달려들어 어 부야 등을 둘러싸고 발톱으로 할퀴고 입으로 무니, 어 부야가 대로하여 입으로 불을 토하매 능히 대적치 못하거늘, 도독이 역사를 불러 왈,

「문 연대 등을 잡으라.」

하니, 역사가 황망히 화극과 방천극을 들고 급히 이르러 문 연대 등을 치니, 양인이 맞아 땅에 떨어지거늘, 각각 결박하고 협대와 기홍을 구한 후, 도독께 뵈오니 도독이 책왈,

「너희들이 어찌 저 괴물을 놓아 작란케 하느뇨. 이제는 착실히 지키라.」

언파에 말을 채쳐 호왕을 따르더니, 전면에 일원 호장

이 길을 막거늘, 도독이 살펴보니 이는 호 사호라. 호왕을 찾아 오다가 자오산에서 정 호익을 만나매, 도망쳐 오다가 호왕을 구하고 도독을 만나니, 도독이 벽력도를 들어 치니 한 줄 화광이 있는 곳에 호 사호의 머리가 말 아래 떨어지는지라. 그 머리를 말에 달아매고 호왕을 찾으니, 벌써 본진으로 돌아갔거늘, 도독이 협대와 기홍을 불러 왈,

　「내 이제 호진을 휩쓸고 호왕을 잡으리니, 너희들은 이 곳에 매복하였다가 접응하라.」

하고, 말을 마치고 만리운을 채쳐 호진으로 들어가니 감히 막는 자가 없더라.

　차시 천자가 장대에서 바라보시며 좌우를 돌아보사 왈,

「저 호진 중에서 횡행하는 장수는 누구뇨.」

　좌우 대왈,

「이는 임 호은이로소이다.」

　상이 극히 칭찬하시더라.

　차시 호왕이 패하여 돌아와 정히 밥을 먹더니, 임 도독이 충돌함을 보고 대경황겁하여 황 부회 등 제장과 더불어 달아나며 왈,

　「호 원수가 죽고 문 연대 등이 사로잡혔으니, 우리는 본국에 돌아가 다시 도모하리라.」

하고, 말을 급히 몰아 닫더니, 대류 강에 이르는 빙판이 이미 녹아 물결이 양양하고 배가 없어 건이 묘연하거늘, 호왕이 앙천 탄왈,

　「이곳에서 명을 마치리로다.」

하고 언파에 통곡하니, 좌우 장졸이 다 슬퍼하더라. 호왕이 제장에게 왈,

「그대 등이 나를 구하라.」

제장이 대왈,

「이 물을 건너뛰어 가사이다.」

왕이 왈,

「과인은 이 물을 뛰어건너려니와 경 등은 어떻게 하려 하느뇨.」

황 비회 왈,

「소장 등은 대왕의 말꼬리에 매달려 건너리이다.」

정언간에 좌우 복병이 일시에 내달아 호왕을 엄살하니 호왕이 정히 초조하더니, 물 건너편에서 불러 왈,

「대왕은 빨리 물을 건너소서.」

하거늘 호왕이 바라보니 이는 호병이라. 황 비회 등이 말꼬리에 매달려 사백보의 긴 강을 건널새, 물에 빠져 죽는 자가 태반이라.

호왕이 강을 건너가 돌아보니, 다만 황 비회 등 삼 장만 따르는지라. 또한 부르던 군사는 호병이 아니고 송장 노전충이라. 크게 꾸짖으며 왈,

「호왕은 이제 어디로 가리오. 내가 도독의 장령을 받아 여기서 기다렸노라.」

하고, 군사를 지휘하여 둘러싸니, 호왕이 전충을 대적하더니 문득 전면에 오색 철갑 입은 신장이 달려드는지라. 감히 대적치 못하고 말을 돌려 달아나고자 하더니, 이때 임 도독이 군사를 거느리고 대류강에 이르니 호왕이 이미 강을 건넜거늘, 도독이 즉시 부적 한장을 써서 물에 던지니 소리 없이 강물이 얼거늘, 만리운을 채쳐 강을 건너며 대호 왈,

「호왕은 어디 있느뇨.」

하니, 호왕은 落膽喪魂*하여 비회 등에게 대적하라 하니,
세 장수가 할일없어 창을 들어 막거늘, 도독이 벽력도를
한번 휘두르니, 삼장의 머리가 땅에 떨어지는지라. 다시
호왕을 따라 칼을 들어 호왕이 탄 말의 머리를 치니, 호
왕이 번신낙마하는지라. 도독이 군사를 호령하여 호왕을
결박하여 함거에 싣고 승전고를 울리며 대진으로 돌아와
천자께 뵈오니, 상이 대희하사 왈,

  「도독의 지략은 옛날 제갈무후라도 따르지 못하리니,
  황성에 돌아가 천하를 반분하리라.」

  도독이 면관 돈수 주왈,
  「天無二日이요 民無二君이라 하니, 폐하께서 이렇듯 칙
  교하사 신에게 만고 역명을 면치 못하게 하시나이까.
  신하가 되어 임금을 위함은 떳떳한 일이라. 신이 비록
  尺寸功이 있다 한들 어찌 이렇듯 칙교하시나이까.」

  천자가 붙들어 위로 왈,
  「석일 成帝明皇이 신하의 공이 척촌만 하여도 땅을 떼
  어 봉하였나니, 이제 경의 공은 고금에 없는지라. 짐이
  어찌 일시라도 잊으리오.」

하시니, 도독이 불감함을 축사하고 진중에 돌아와 위의
를 베풀고 호왕을 잡아들여 장하에 꿇리고 수죄할새, 제
장을 좌우에 세우고 삼천 무사가 나열한데, 무사 홍승에
게 호왕을 결박하여 장하에 꿇리니, 천자가 호성 대질 왈,

  「짐이 일찍 너를 봉하여 여진왕을 삼았거늘, 무슨 뜻으
  로 역적이 되어 짐을 해코자 하느뇨. 은휘치말고 바로
  고하라.」

하신데, 호왕이 복지 주왈,

---

*낙담상혼 : 몹시 낙담하여 넋을 잃음.

220

「신이 무지하와 이렇듯 범하였사오니, 事無可答^{사무가답}이옵거니와 신이 폐하의 위엄을 두려하옵는고로 항복코자 하였더니, 양 처상 등의 咐囑^{부촉}*을 듣고 외람한 죄를 얻었사오니 後悔莫及^{후회막급}이라. 복원 폐하는 신의 잔명을 보존케 하시면 자자손손이 폐하의 호생지은을 감축하리이다.」

상이 그 복죄함을 측은히 여겨 도독을 돌아보사 왈,

「호왕의 죄는 죽임이 마땅하거니와 아직 용서함이 어떠하뇨.」

도독이 주왈,

「제 아무리 무도하나 폐하의 호생지은을 모르리이까. 성교 마땅하여이다.」

문득 대장 정 호익이 출반 주왈,

「폐하는 전일 호진 연석에 가셨던 일을 잊어 계시니이까. 이제 호왕을 놓아 보내시면 반드시 후환이 되리이다.」

언파에 칼을 빼어 호왕의 머리를 베어 던지거늘, 천자가 할일없어 가긍히 여기시더라. 우양을 잡아 삼군을 호궤한 후 단을 모으시고 神將鬼卒^{신장귀졸}을 모아 치제하고, 또 戰亡將卒^{전망장졸}을 위하여 치제하시니라.

도독이 황건역사를 불러 어부야·문연대 등을 잡아들여 문왈,

「너희는 무슨 정령인데, 감히 세상을 요란케 하느뇨. 직고하라.」

황건역사가 강편을 들어 치며,

「본형을 내어 보여라.」

---

*부촉 : 부탁하여 위촉함.

하니, 괴물이 아픔을 견디지 못하여 각각 본형을 드러내니, 하나는 북해에서 일천년 묵은 상어니 호왈 어 부야이고, 또 하나는 서측 보가산에 일천년 묵은 청사자이니 호왈 문 연대라. 인간에 나와 인생을 살해하고 세상을 요란케 하였더라.

도독이 문왈,

「너희들이 인간에 나와 인명을 살해한 수를 아뢰라.」

문 연대 대왈,

「소인 등은 일삭에 세 명씩 먹었나이다.」

도독이 대로하여 역사를 명하여 괴물 등을 지부왕께 맡겨 화탕지옥에 가두라 하니라.

각설, 천자가 여진을 평정하시매, 장졸을 거느려 선우영을 떠나 황성으로 향할새, 龍旌鳳旗(용정봉기)는 바람에 풀불하고 長槍大劍(장창대검)은 일광을 희롱하며 황성을 바라고 진발하니 위의가 비할 데 없더라.

피난 갔던 백성들이 簞食壺漿(단사호장)*으로 어가를 호송하더라. 점점 행하여 황성에 이르니 임 각로·이 승상·박 지근 등이 멀리 마중나와 천자께 사은한데, 상이 삼인을 반기사 왈,

「짐이 불명하여 경 등에게 고초를 겪게 하니 심히 부끄럽도다.」

삼인이 복지 주왈,

「이는 간신이 성총을 가리움이요, 신 등의 재앙이오니 어찌 폐하의 허물이리까.」

이때 임 도독이 부친과 악장을 만나매 비회가 교집한지라. 인하여 천자를 모셔 황성으로 돌아올새, 억만 장안

---

*단사호장 : 노상에서 군대를 환영하기 위하여 갖춘 음식.

이 향을 피우고 어가를 영접하며 만세를 부르더라.

상이 환궁하사 성묘에 알성하시고, 각 도에 평란한 뜻을 내려 백성의 부역을 십년 제감하니라.

상이 내외전에 태평연을 배설하고 즐길새, 임 도독 제부인이 또한 내전에 들어가 황후를 모셔 즐기더라.

이튿날 천자가 조회에 제장 공신을 차례로 봉작하실새, 임 준일로 위국공을 봉작하시고 좌각로 겸 초왕을 봉하시고, 임 호은으로 우승상 겸 燕王(연왕)을 봉하시고 연서·소주 등 삼십여 주를 베어 주시고, 어 협대로 우림대장 겸 병부상서를 하이시고, 맹 기홍으로 부총관 호위대장을 하이시고, 정 호익으로 대도독을 하이시고, 박 지근으로 이부시랑을 하이시고 출전 제장 등을 각각 상급하여 흩어보내신 후, 양 처상의 삼족을 멸하시며 사 미원·양찬영 등은 감사·정배하시고, 조주지부의 가족은 해외에 정배하시고, 조 봉빈의 부자는 원찬하시니라.

연왕 임 호은이 일삭 유하여 천자를 모셔 국정을 다스린 후, 인하여 하직·숙배하고 부모와 이 승상 부부며 사 왕비·이 귀인과 양모 모녀를 모시고 연국으로 돌아와 조 지현 부부를 청하여 한당에 모여 복록을 누리더라.

연왕이 즉위 십삼년에 연국이 대치하니, 어진 성덕이 일국에 가득하더라.

세월이 흘러 협서의 장 왕비는 삼자 일녀를 두고, 이 적비는 삼남 이녀를 생하고, 정정공주는 일남 일녀를 두고, 조 왕비는 오남 삼녀를 두고, 계 귀인은 칠자 일녀를 생하고, 미 귀인은 육자 사녀를 생하니, 명문 대가에 男娶女嫁(남취여가)하여 복록이 무궁하더라.

장자로 세자를 봉하고 또 각각 일자씩 장 한림·이 승

상·조 시랑의 후사를 봉하게 하니라.

임공 부부가 구십 향수에 같은 날 병을 얻어 돌아가시니, 연왕이 사 왕비 이 귀인과 더불어 애통하며 의금관곽을 갖추어 명산에 봉승하고 삼년을 지낸 후, 다음해 가을에 이 승상 부부가 구몰하니, 왕례로 선영에 안장하고, 또 조공 부부가 팔십에 구몰하니 또한 선영에 후장하고 각각 향화를 끊이지 않게 하더라. 기후 춘삼월에 천자가 붕하시니 연왕이 망극하여 애통하고 조정에 이르러 태자를 봉하여 즉위하시니, 神宗皇帝(신종황제)라. 경오년 시월 망일에 왕이 사 왕비와 이 귀비와 더불어 망원루에 올라 즐기더니, 문득 구름 속에서 불러 왈,

「두우성아, 옥황상제께오셔 부르시니 가자.」

하거늘, 연왕과 육 부인이 혼연히 구름을 타고 승천하니, 자손 등이 심히 애통하고 의금관곽을 갖추어 외대장으로 능에 虛葬(허장)하고, 춘추로 향화를 끊이지 아니하더라. 자손이 繼繼承承(계계승승)하여 후사를 이으니, 이러므로 임 호은의 사적이 사기에 유명하기로 대강 기록하노라.

〈활판본〉

● 編著者 略歷

金起東 : 東國大學校卒. 文學博士
　　　　　前 東國大學校 敎授
　　　　　主著「韓國古典小說硏究」

全圭泰 : 延世大學校卒. 文學博士
　　　　　現 全州大學校 敎授
　　　　　主著「高麗歌謠의 硏究」

양반전 · 호질 · 광문전 · 임호은전
한국고전문학 100　11

초판발행 1984 년 3 월 15 일
4 판발행 2001 년 6 월 10 일

엮은이　김 기 동
　　　　　전 규 태
펴낸이　최 석 로
펴낸곳　서 문 당
121-843 / 서울시 마포구 성산동 54-18 호
등록 / 제 10-2093 호
등록일 / 2001 년 01 월 10 일　창업일 / 1968 년 12 월 24 일
전화 / (02) 322-4916~8　팩스 / (02) 322-9154

ISBN 89-7243-061-7　　　　* 잘못된 책은 바꾸어 드립니다.